バビロン
III
—終—

野﨑まど

講談社
タイガ

イラスト―ざいん
デザイン―坂野公一（welle design）
地図制作―ジェイ・マップ

◉登場人物紹介／語句説明

ギュスターヴ・ルカ………フランス大統領
オットー・ヘリゲル………ドイツ連邦共和国首相
フローラ・ロウ…………イギリス首相
ルチアーノ・カンナヴァーロ…イタリア首相
ダン・キャリー…………カナダ首相
福澤俊夫《ふくざわとしお》…………日本国首相
正崎《せいざき》　善《ぜん》…………東京地検特捜部検事
自殺法…………新域で発令された新法。人間の無条件自殺を肯定する、自殺を公に認める制度
アレキサンダー・W・ウッド……コロンビア特別区在住の米国人。
サム・エドワーズ………米国人通訳
テイラー・グリフィン………合衆国国務長官
エドムンド・ジュリアーニ…大統領首席補佐官
トマス・ブラッドハム………FBI長官

◉前巻までのあらすじ

東京地検特捜部の正崎善は、新域選挙を巡る巨大な陰謀と、その裏に潜む謎の女・曲世愛《まがせあい》の存在を追う。曲世に翻弄される正崎の前で、初代新域域長となった齋《いつき》が宣言した新法。それは新域では、自ら死を選び取る権利を認める、というものだった。〝自殺法〟を止めるため、信用する刑事・九字院《くじいん》らとともに、齋を拉致しようと画策する正崎だったが、その前に曲世が姿を現し……。

秩父市
桶川市
川越市
さいたま市
飯能市
埼玉県
奥多摩町
所沢市
東京都
練馬区
日の出町
福生市
檜原村
立川市
中野区
新宿区
府中市
調布市
八王子市
多摩市
町田市
相模原市
川崎市
横浜市
厚木市
神奈川県
藤沢市
鎌倉市
茅ヶ崎市
横須賀市
小田原市
相模湾
箱根町
N
新域
三浦市
0
10km

バビロン Ⅲ

―終―

I.

1

アレキサンダー・W・ウッドは、慎重に過ぎる男だった。

その性状は彼が幼《おさな》い頃に発露した。三人兄妹《きょうだい》の次男として生まれたアレックスは、逞《たくま》しい兄・ウォーレンとは対照的に病弱な子供だった。気温が多少上下すれば風邪を引き、空気がにわかに乾燥すれば喉《のど》を痛めた。事あるごとに熱を出しては寝込み、週末の予定は病院通いが常であった。

幼いアレックスにとって、病気に時間を奪われることは苦痛だった。学校を休めば勉強が遅れる。休日に寝込めば友達と遊ぶこともままならない。だが生来の病弱さはそう簡単に改善されるものではない。

だからアレックスは、自分の手でできる限りのことをした。外出から戻ったらうがいと手洗いを念入りにした。わずかでも喉の痛みを感じれば部屋を加湿してマスクをした。健康のために、衛生面に関して小さな子供とは思えぬほど過分な注意を払いながら暮らしてきた。

すべては「普通の生活を送りたい」という些細《ささい》な願いからきたものであった。そしてアレックスの取った行動は、実際に明瞭《めいりょう》な効果を上げていた。生来の虚弱体質が本質的に改善されたわけではないが、衛生環境や自身の行動を変えていくことで、病床に伏せる回数は目に見えて減っていった。

アレックスの健康な生活は、幼い彼が自らの意志と行動で勝ち取ったトロフィーだった。その輝きが、彼の生き方を強く決定づけた。

人事を尽くす。尽きるまでやる。

すべての可能性を考慮し、時間の許す限り思慮する。

しかし周りの人間の目には、それがしばしば過度に映ったし、実際に過度でもあった。

幼いアレックスの病気予防行動は極端で、アレックスの母親は息子がうがい薬の濫用で逆に喉を悪くするのではと不安になり、一時は薬を納戸《なんど》に隠してしまうほどだった。薬を見失ったアレックスは半狂乱になり、半日以上の家探しの末にようやくそれを取り戻した。

母親は呆《あき》れて言った。「貴方《あなた》はうがい薬では治らない類《たぐ》いの病気のようだわ」。

母親の言の通り、アレックスの性質はずっと治らなかった。気を抜けばすぐにまた身体を壊すが、慎重でさえあれば健康でいられる。アレックスは自分の虚弱な身体を、石橋を叩《たた》くような慎重さで操縦して生きた。健康に生きている間は慎重であることが肯定され続けた。彼の哲学はこうして補強されていった。

成長するに連れて、健康面以外の様々なシーンでも、アレックスは過分な慎重さを発揮し始めた。学校の勉強でわからないことがあれば、わかるまで調べた。なんとなくわかった、という理解で先に進むことはできなかった。不安の芽を放置すれば必ず自身に返ってくるという経験則は、勉強においても彼に〝適当〟を許さない。

そんな彼の勉強法は、丁寧ではあったが、必然的に遅くなった。試験と関係のないことまで虱潰《しらみつぶ》しに調べてしまうやり方はあまりにも非効率的で、成績も勉強時間の割には中の上という程度に止《とど》まった。アレキサンダー・W・ウッドはそんな、慎重で、要領の悪い子供だった。

2

高校生になる頃には、アレックスの身体は人並みに近い健康を獲得していた。運動などもできないことはなかったが、成長期に患《わずら》いが多かったせいもあって身体が小さく、できるといっても楽しめるほどではなかった。そのため彼の趣味は自然とインドアに向かった。

大学に進学して学生寮暮らしとなったアレックスは、自由な時間を使ってコンピュータゲームにはまり込んだ。

その頃は家庭用のPCがやっと普及し始めた時期で、アレックスはまだ高額であったPCを購入し、その機能の魅力にのめり込んだ。自身でプログラムコードを勉強し、同時にPC用のコアなゲームに熱中した。一つのことに延々と集中してしまうアレックスにとって、日進月歩するコンピュータの世界はどこまで掘り下げても一向に尽きない金脈のようなものであった。

またその趣味で得た知識が各所で役に立った。各種ソフトのスキルはアレックスの生活を劇的に効率化してくれた。またPCに詳しいというだけで歳《とし》のいった教授に重宝され、覚えも良かった。セッティングや操作を人に教えれば楽なアルバイトになった。趣味と実益を兼ねるコンピュータを、アレックスはこよなく愛した。

大学院に進んだ頃、アレックスは新しいゲームを始めた。『Explorer Online』(略称EO)は、インターネットの普及期に現れた、ネットワークRPGと呼ばれるジャンルのさきがけである。中世ヨーロッパ風のフィールドを剣と魔法で渡り歩くファンタジーだが、その世界の広大さは他に類を見ないものであった。オンラインアップデートで日々更新される世界と、無数のプレイヤーが自由に織り成す物語は、エンディングのない無限のゲームとなった。そんなものにアレックスがはまらないわけはなく、サービスが始まって一年が経《た》つ頃には、アレックスはゲーム内でも有数の地位にある著名なプレイヤーとなっていた。

ある時、アレックスはゲームの中で初心者のプレイヤーと知り合った。最初は雑談程度にゲームのやり方を教えるのみだったが、相手がゲームの知識を求めて貪欲《どんよく》にコミュニケーションを図ってくるので、しばらくの間一緒にプレイしていた。ゲームのレベルとスキルに関してはサーバー随一のアレックスであったが、他プレイヤーとの会話は事務的なものばかりであり、一人のプレイヤーと長く交流したのはこれが初めてだった。話をするうちに互いにボストン在住であると判《わか》り、ほどなくオフラインで一度会おうという流れになった。

事前の情報で、相手のプレイヤーは女性だとわかっていた。またこの時、二十六歳だったアレックスはまだ童貞だった。彼がオフラインでの会合に何の期待も抱いていなかったと言えば嘘《うそ》になる。なんらかの形のロマンスをにわかに想像はしていた。だがそれ以上に、彼は自分の二十六年がもたらす情報と判断材料を信じていた。病弱で友人も少なく、二十六年間色恋沙汰《ざた》と無縁だった男が、ネットゲームのオフ会で運命の出会いを果たす確率は限りなく低いだろうと思った。それが彼の慎重な分析の結果であり、過度な期待は自身を傷つけるだけだと結論づけた。アレックスは極力気張らない服装で、同性のゲーム仲間と会うような心持ちで臨むことにした。あくまでゲーム上の友人とのオフ会であって、ゲームの話をしに行くのだからそれは当然だった。場所も簡単に、チェーンのドーナツショップを選んだ。

チャールズ川にほど近いドーナツショップでアレックスは相手を待った。ほどなく現れた相手・エマの姿を認めた時、アレックスは早速自身の判断ミスを悔《く》いた。

エマは身長五フィート七インチ（約百七十センチ）の、百人が百人美しいと認める容姿の女性だった。仕事はモデル以外に考えられなかったし、深夜に延々とネットワークゲームに興じていることの方が非現実的だった。だがそれも結局アレックスの女性経験の少なさからくる誤読でしかなく、彼女の職業はモデルではなく弁護士であったし、週末の深夜に八時間ネットゲームをやっているのも間違いのない事実だった。

ドーナツショップの隅《すみ》のテーブルで、エマは食いかかるような勢いでアレックスにゲームの話を振ってきた。彼は狼狽《ろうばい》しながら、実際に頭から食べられてしまうような気分になっていた。五フィート二インチ（約百五十八センチ）のアレックスから見れば、誰もが羨《うらや》むような高身長の女性もただの大型動物でしかない。ゲームキャラのレベルでいくら上回っていようと、本体が齧《かじ》られれば一巻の終わりだ。

いいや、それ以前に。彼女はそもそも自分を獲物とすら思っていないだろうとアレックスは思った。小男で眼鏡《めがね》でゲームとパソコンと勉強しか取り柄のない学生など、食べ物だとしても干からびたトカゲのようなものだ。ご馳走《ちそう》をいくらでも選べるであろう彼女が、わざわざ腹の膨《ふく》れぬ干物を口にするわけもなかった。

アレックスはすっかり卑屈になり、エマと目を合わせないようにしながら、ゲームの話を聞かれた分だけ答え続けた。エマの声色は次第に不機嫌となり、会合は終わりに近づいていった。

ドーナツショップを出た後、エマは無言で駅に向かって歩き出した。アレックスも無言で駅までついていった。ハーバードスクエア駅の緩《ゆる》い坂を下って、改札口でアレックスは「それじゃ……」と言った。エマは背を向けたまましばらく無言だったが、突然振り返ってアレックスを睨《にら》みつけた。そのまま一歩前に出て、通りの良《い》い声で言った。

「私は『EO』の話をしに来たの」

彼女の声は明らかに苛立《いらだ》っていた。

「EOの中で出会った、EOのフレンドの貴方と会うのだから、それは当たり前だわ。約束をした先週の火曜から今日まで、毎晩ずっと楽しみにしていた。伝説級《Legendary class》プレイヤーの貴方とEOの話をいくらでもできるって思ったら眠れなかったわ。眠れない間もずっとログインしていたから、今週のログイン時間だけは絶対に貴方より上。なのに貴方は今日、ずっと、EO以外のことを考えていたわね」

エマが感情の要請するままにもう一歩踏み出した。

「貴方が何を考えていたのかを当ててみせてあげる。今日の貴方はネット上で話す時と全く違った。おどおどして、おっかなびっくりで、腫《は》れ物に触るような態度だった。理由はゲームの中とは〝グラフィック〟が違うから。貴方は現実の私の容姿を見て、何かしらのコンプレックスを刺激されたんだわ。だから足がすくんで、腰が引けて、話すどころか逃げ出したくてたまらなかった。そうでしょう？」

エマの物言いは不躾《ぶしつけ》でストレートだったが、言っていることはすべて事実であり、アレックスは一言も言い返せなかった。「私は私の容姿に自信を持っている」とエマは言った。

「両親が与えてくれた背の高い身体と赤い髪をとても魅力的だと思っているし、スタイルを維持するための努力もしているわ。私の容姿はかけがえのない武器なの。持っているだけで私に安心を与えてくれる。不安を吹き飛ばしてくれる。この武器があれば、人生を切り開いていけるの」

そうまくし立てながらエマがさらに詰め寄った。あまりの剣幕にアレックスは後ずさることすらできなかった。何の武器も持っていないアレックスは、ゲーム内で狩られる羊の気持ちになった。

「貴方にも、そんな武器があるでしょう？」

アレックスはきょとんとしてしまった。

（武器？）

少し考えたが何のことかわからなかった。それをすっかり見抜いたエマは、怒り心頭に発し、真っ赤な顔でさらに詰め寄ってきた。

「貴方は伝説級プレイヤーなのよ！」

その日一番の怒声が響き渡った。改札を通る人間が全員こちらを見ていた。

「貴方のゲームプレイング、貴方がゲームの中で達成してきたことの価値は、いまや世界の誰もが知っている偉大なものばかりよ！　貴方が編み出したハイライフの攻略法はギルド戦闘を革新した！　貴方が発見したダスタの鉱脈は新しい街を生んだわ！　誰もやらない、やろうとすら思わなかったことを、貴方はたった一人で探究し続けて、世界をどんどん開拓していったでしょうが！」

エマは叫びながら、感情を昂《たか》ぶらせて、ついに大粒の涙を振りまき始めた。アレックスはもはや狼狽するのみだった。

彼女の言っているモンスター攻略法や鉱脈発見は確かにアレックスが達成したことに違いなかったが、それは彼がゲームプレイの巧《たく》みさで手に入れたものではなく、生来の要領の悪いプレイスタイルが偶然にもたらしたものだった。モンスターに勝つ方法を編み出したのではなく勝つまで闇雲《やみくも》に挑み続けただけだったし、鉱脈を発見したのでもなくすべての山を虱潰しに掘り続けていただけだ。どこまで掘れるのか試してみようと思っただけだ。アレックス本人はそれが偉大なことだとは思っていなかったし、むしろゲームに必要以上の時間を費やしてしまった駄目な人間の典型だとすら考えていた。だがエマの評価は真逆のようで、アレックスはほとほと混乱した。

「背を伸ばして！」

軍隊のごとき命令が飛び、アレックスは反射的に気をつけの姿勢になった。

「貴方は誰にも負けない立派な武器を持つ人間よ。誰が何と言おうと貴方は価値のある人間よ！　貴方の生き方《style》を私は肯定する！　本人がどれだけ否定したってね！」

エマはアレックスの胸ぐらを掴《つか》むと、食いつかんばかりの勢いでがぶり寄って宣言した。それから実際に食いついた。十数秒の情熱的なキスを終えて、口を離したエマはふんと鼻を鳴らした。アレックスは自身の哲学と相談してから言った。

「男とキスをするような重大事は、もっと慎重に考えてから決断した方がいい……」

「私、直感以外で物事を決めたことがないの」

エマは、アレックスには全く信じられないことを言った。いくらゲーム上で付き合いがあったとはいえ、初対面の人間と駅でいきなり情熱的なキスをするという判断が有り得なかったし、自分もそう生きたいとは一切思わなかった。

だがもし自分が彼女とキスをしたいと思った時に、いつものように石橋を叩くところから始めていたらそれは達成されなかった、もしくは達成までに恐ろしく時間が掛かるかもしれないと思った。そう考えると彼女の雑な決断にもある種の優位性があるのかもしれない。無いのかもしれない。どちらがより正しい選択であるかは情報不足で断定できないので、これから時間をかけて慎重に考えてみようと考えた。

八年後、エマはアレックスの妻となった。八年という歳月はアレックスの熟考の結果であったが、しかし結婚したその日も、アレックスはこの問題について十分な検討を終えたという実感がなかった。彼は自分とは全く違う基準を持つ女性エマと、そんな彼女と夫婦になったことの正しさについて、今も考え続けていた。

3

アレックスが仕事の都合で住み慣れたボストンを離れ、ワシントンD.C.に居を移してから三年になる。

彼は四十七歳になっていた。妻のエマと、遅く授かった息子・オリバーの三人で、コンパクトながらも十分な家庭を築いている。子供は健《すこ》やかに育っていた。妻との仲については、正直なところアレックスは良好と言い切れる自信がない。エマは出会った時から変わらぬ謎《なぞ》で、交際中も結婚してからも彼女との関係が上手《うま》くいっているのかズレているのか全くわからない。ただ結果だけを見れば現在も夫婦は保《たも》たれているので、現象論的には良好なのだろうと判断するしかなかった。ともあれアレックスの人生には、現在大きな問題は発生していない。

そもそも彼は、自身のこれまでの人生において、大きな問題と呼べることはほとんど無かったと思っている。

ただそれはあくまで本人の主観的なもので、周りの人間からはそれなりに、または多分に苦労の多い人生だと思われていた。しかしアレックス本人が大きな問題と感じたものは皆無だった。人生の多くの問題は、ひたすら丁寧に向き合いさえすれば必ず分解できた。分解を終えた後は、ひたすら慎重に取り組みさえすれば必ず解決できた。だからアレックスを悩ませるものは大抵時間だった。時間切れで十分な検討や対処ができなかったことはある。だがその時でさえも、問題の本質が理解できてさえいれば、失敗の教訓を次に活《い》かすことができた。成功も失敗も、自分の中で完璧《かんぺき》に分解して理解できていたならば、それはアレックスにとっては問題でもなく苦労でもない。だから彼が人生の問題で苦労と感じているのは、後にも先にも妻のエマくらいのものだった。

とはいえ、家庭内のことにばかり自身の分解探究心を回してもいられなかった。彼には仕事があるし、これからも家の問題に挑み続けるためには、勤労して生活の糧《かて》を得ることが前提条件でもある。

自宅の一室で、アレックスは新聞を読んでいた。仕事上の要請から彼は毎日複数の新聞に目を通している。時間さえ許すならば隅々まで事細かに読み込みたいと思っているが、それをやっていたら一日が終わってしまうので我慢していた。

四紙目の株式欄をさらって新聞を閉じると、一面に大きな記事が載っていた。すでに目を通した三紙と同じ話題が大々的に報じられている。より正確にいえばこの一ヵ月の間、新聞の一面はほとんどその話題か、それに関連する出来事で独占されていた。アレックスは眉根《まゆね》を寄せながら新聞を替えた。五紙目の一面が同じことを告げていた。

『仏グルノーブル　自殺法制定宣言　世界で三都市に』

4

ウェブのニュース記事を読み終えて、アフリカ系アメリカ人の男はタブレットの画面を暗くした。年の頃は四十代。高級スーツに包まれた黒い肌は引き締まってはいるが、筋肉はさほど大きくない。軍人の身体ではなく文官のそれだった。

「フランスか」

合衆国国務長官テイラー・グリフィンは淡々と呟《つぶや》いた。車の防弾ガラス越しに流れる首都の街並みを漫然と眺《なが》める。頭の中ではフランスという単語から連想された情報が次々と処理されている。

「やりそうなところです」

隣に座っていた金髪の男がつぶやきを拾って応える。テイラーの部下のニックは、上司の思考を可能な限り先回りして手伝おうとしている。

「元々自殺率の高い国ですし、社会も安定していて国民が退屈している。人間、暇を持て余すとろくなことをしないものですからね」

斜に構えた言い回しにテイラーが鼻で笑う。「自殺率は今や我が国もフランスに追いつこうかというところだがな」

「そうでしたか？」

「この二十年右肩上がりだ。それにフランスだって別に暇で死んでいるわけではないよ。原因は主に労働ストレスだろう」

「三十五時間労働なのに？」

「労働時間が減っても財務目標が減るわけではない。労働者は毎週五時間足りない分の結果を別の方法で補塡《ほてん》しろと迫られる。〝働くな、だが結果は出せ〟。そうした上からの圧力は当然反作用を生む。内に向かえば精神病、外に向かえば暴力となる。自分を追い詰めるか他人を追い詰めるかの二択が、Ｇ７中自殺率二位の要因だ」

「お詳しい」

「こう流行っていては、否《いや》が応《おう》でも資料を読まざるを得ないからな」

テイラーは面倒そうに言った。この一ヵ月、自殺《Suicide》という単語を目にしない日はない。

「私が生まれてから経験した中で最低のトレンドですよ」ニックが軽い調子で言う。「日本食ならともかく、これが定着されては流石《さすが》に困る」

「そのうち専門誌が出るぞ」

「買った連中は読み終えたら死んでしまいますが」

「定期購読は無理だな」

ふふ、と互いに微笑を漏らす。

「仏《現地》の情報は」

「収集中です。電話会談はどうしますか？」

「要請してくれ。さて、ルカはどういう腹積もりか……」

テイラーがギュスターヴ・ルカ仏大統領の顔を思い浮かべる。移民の二世から国の頂点までのし上がった実力者だが、迂闊《うかつ》な失言がしばしば取《と》り沙汰《ざた》される人騒がせな側面もある。ただテイラーは、それもまた彼流の自己演出だと見立てている。正体は徹頭徹尾計算ずくの食わせ者だ。

「ルカ大統領が自殺を推進するとは思えませんがね」ニックが真剣な顔で言った。

「ほう。なぜ」

「自殺を容認すれば、女性が減ります」

テイラーは結婚に二度失敗した男の顔を再び思い浮かべた。ルカの女好きは有名で、二度とも若く美しい女性を娶《めと》っている。彼は男性として女性が好きという当たり前のことを隠そうとはしないし、それが現行社会の根底に深く関わる要素だと正しく理解している。確かにニックの言う通り、女が減るから自殺は良くないと大真面目《おおまじめ》な顔で言いそうだなとテイラーはもう一度笑った。

車はペンシルベニア通りを直進し、一六〇〇番地の敷地《しきち》へと入っていった。

5

一八一四年、合衆国は第二次独立戦争の只中《ただなか》にあった。ブレードンズバーグの戦いにおいて、民兵を中心としたアメリカ軍は経験豊富なイギリス正規軍に敗北し、そのまま首都ワシントンD.C.への侵攻を許す。

ワシントンを占領したイギリス軍は、政府に関連する建物に容赦なく火を放った。一八〇〇年に完成したばかりのその建物も石造りの外壁を残して焼失し、残された壁も煤《すす》で真っ黒になってしまった。それから三年後の一八一七年、建物は再建され、焼《や》け焦《こ》げた外壁は見事な真白に塗り替えられた。

以来その建物は『ホワイトハウス』と呼ばれるようになる。

外装と同じ白壁の廊下に、合衆国にまつわる写真や肖像画が並べられている。テイラー・グリフィンはその間を通って、建物の西の端《はし》へと向かった。

ホワイトハウスの西棟、ウエストウイングと呼ばれる区画は、アメリカ政府の中枢スタッフが常駐するオフィスとなっている。内部には副大統領を始めとする主要幹部スタッフの執務室、会議用のキャビネットルーム、会見用のプレスルームを備え、合衆国の意思がまさにここで決定される、政府の心臓部というべき場所である。

テイラーは円弧の廊下を曲がり、東西に延びる通路を真《ま》っ直《す》ぐに進んだ。ホワイトハウス西南の角部屋にたどり着くと、木製の扉をノックして入室する。

部屋に入ると執務机で仕事をしていた白人の男が顔を上げた。白髪頭に鷲鼻《わしばな》、たるみ気味の頰《ほお》が年齢を感じさせる。六十過ぎの老紳士はテイラーの姿を認めると横柄に手を振った。

「おつかれさん」

大統領首席補佐官エドムンド・ジュリアーニは老眼鏡を外し、面倒そうに拭《ふ》き始めた。

テイラーは首席補佐官執務室のソファに腰を下ろして脚を組む。エドムンドが老眼鏡をかけ直して聞いた。

「フランスだって？」

テイラーが頷《うなず》く。

「グルノーブル。パリからは三時間、大学や研究機関の多い都市だ。人口は十五万人」

「そんなに大きくはないな」

「〝シンイキ〟に比べればな」

「ともあれ、電話《会談》かな」

「打診済みだ」

「君は話が早くていい。まぁ、そんなに急《せ》く話でもないと思うがね……」

「デリケートな案件だ。政府がこの件を軽んじているという印象は避けたい」

「人間、誰だって死ぬ」エドムンドが鷹揚《おうよう》な態度で言った。「デリケートなどと言っていたらおちおち老衰もできんよ」

テイラーは口角を上げた。隠居老人ぶってはいるが、まだまだ老衰などという歳ではない。

エドムンド・ジュリアーニはイタリア系アメリカ人で、法学博士かつ陸軍出身という経歴を持つ。ただ軍とは言っても情報将校で、入隊から除隊までの期間も短かったため、そこまで軍人然とした風貌《ふうぼう》ではない。六十一の現在では見事に弛《たる》んだ中年となり、テイラーと並べてどちらが軍出身かを問えば誰もが間違えることだろう。

しかし身体が緩んでも、内政畑で三十年以上積み上げてきた老獪《ろうかい》さは衰えておらず、現在も首席補佐官として政策に対する大きな影響力を持っている。

十五も年下のテイラーから見れば、そんなエドムンドの悪賢さは頼りになる半面、ある種の脅威であるとも言えた。権謀術数の渦巻くホワイトハウスの中においては、すべてのスタッフがチームメイトであると同時に利己的な個人である。政権運営の中で仕事をしくじれば、味方だった人間が一瞬で敵になることもある。頭の回る人間はそれだけで油断がならない。

とは言っても頭が回るだけに、潰し合うことの不毛さも互いに十分に理解している。今のところにおいては国務長官テイラーと首席補佐官エドムンドの関係は良好と言えた。

「二つ目はどこだったかな」

エドムンドが世間話のように気軽な口調で聞いた。

「カナダのハリファックス」

「あそこは大きい」

「四十万人だ」

「〝シンイキ〟が二百万と……」エドムンドがわざとらしく指折り数える。「つまり今現在、自由に死んでいいことになった人間が、世界に二百五十五万人いるわけだ」

座りの悪い印象の文言であったが、事実としてそう説明するしかなく、テイラーは再び頷いた。

今から一ヵ月前。極東の島国から発信された新しい思想が、報道に乗って世界中に届けられた。

《自殺法》

自殺の権利に関する法律。法の下《もと》に自殺を公《おおやけ》に認める制度。世界で運用されていた安楽死や尊厳死の制度をも大きく逸脱した、人間の無条件自殺の肯定。

日本の新行政区『新域』から発信されたその新法は、センセーショナルな内容も相まって瞬《またた》く間に世界的なニュースとなった。六十四人の同時投身自殺、地方議会選挙による自殺法の〝肯定〟、事件の一つ一つが海外でも大々的に報じられていた。

しかしその段階では、海外の反応はあくまで〝対岸の火事〟でしかなかった。自殺法の成立というニュースを受けて海外の自殺者数も一過性の増加を見せたが、それも日本国内での増加率に比べれば微々たるものであり、内政上看過して構わない程度の誤差としか捉《とら》えられなかった。

海の向こうの国で珍しいことが起きている、動きがあればまた報道されるだろう。日本国外での反応は、ガラスケース内の実験を眺める観覧者以上のものではなかった。

だが一週間前、事態は次の段階へと踏み込んだ。

八月六日。

新域における議会選挙から三週後となるその日。カナダはノバスコシア州の州都ハリフアックス地域都市圏において、市長ショーン・マンシーニは自殺法の導入都市宣言を行った。

それは新域の自殺法宣言の時と同様に、あまりにも突然の出来事だった。宣言された市法の内容は地域的な微調整こそあれ、基本的には新域の自殺法と同じ「無条件の死の権利」を謳うものであり、ハリファックスに暮らす四十万人の市民は唐突に自殺を許された。

カナダの連邦政府とカナダ国民は混乱した。そして一週間経った現在も混乱は続いている。ハリファックス都市圏内の自殺者が急増し、観覧者から突然当事者にされた市民は否が応でも自殺の是非について考えさせられることとなった。

現在ハリファックス地域評議会において、自殺法宣言を行ったマンシーニ市長と十六人の評議員が議論を行っている。

米政府もまた隣国の政治的事件として独自の調査を始めていた。その中で国務長官テイラーの下に来た報告は、眉をひそめたくなるような内容であった。

情報によれば、ハリファックス評議員十六人の過半数が自殺法に肯定的な見解を示しているという。

「先駆的なのか、ただの阿呆《あほう》か」エドムンドが皮肉げに言う。「どっちにしろえらくリベラルな連中だね」

「このまま行けばカウンティレベルで成立する見込みだ」

「連《上》邦議会は」

「許さない。一昨日の電話で確認した」

「それで一息ついたところに、今度はグルノーブルと」

「休まる暇がない」

テイラーが深く息を吐《つ》いた。実際、この数日は睡眠時間が大幅に減っている。合衆国の外交の長である国務長官にとっては、諸外国のあらゆる事件が仕事の対象となる。一週間で二つの自殺法導入都市出現という異常事態は、テイラーの通常業務と生活を簡単に麻痺《まひ》させていた。

「対応に追われている。追従した二都市の情報がまだ不足している」テイラーは足を開くと、背を丸めて両手を組んだ。エドムンドの目を見て意見を求める。「なぜ二市は、自殺法を導入した？」

「さて……」

エドムンドが下唇《したくちびる》を尖《とが》らせた。考え事をする時の癖《くせ》だ。

「その二つはどちらも大学都市だな。ハリファックスはダルハウジー大、セントメリーズ大、キングズ・カレッジ大。グルノーブルはグルノーブル大、グルノーブル政治学院に、あと電子情報技術研究所《LETI》もある」

エドムンドは空で都市の知識を並べる。先程はとぼけていたが、それがただのポーズであるのもテイラーはよく知っている。

「学術都市であることと、自殺法に関連性が？」

「わからんね。だが少なくとも居住者の傾向はあるだろう。勉強ができる方が死にたがるのかもしれんよ」

「死に近づくのが頭の良い行為とはとても思えん」

「動物は自殺しない」エドムンドが呟く。「知恵と死が同じものを拠《よ》り所《どころ》にしているのは、子供でも知っていることだな」

テイラーは返答に窮する。エドムンドがそんなことを真面目に言っているのではないと解《わか》っているし、自身も宗教に真理を求めるような人間ではない。だが幼い頃から自然と刷り込まれてきた物語は、その教義を信奉するテイラーに一定の影響力を持っていた。

人が禁断の果実を食べて得たもの。

知恵。

死。

「自殺法を導入するメリットはなんだ」テイラーは頭を切り替えて聞いた。「都市として。また首長個人としては？」

「メリットか……。街として考えれば、収益化の見込みはあるんじゃないか。今なら世界に三つしかない自殺法都市だ」

「自殺を望む人間が転入してくる？」

テイラーが頭の中で可能性を模索する。人口増は最もシンプルな都市のメリットだ。

「だが自殺志願者だ。来ても死んでしまう」

「すぐに死にたい人間でなくてもいい。自殺自由化となれば安楽死も自由だ。最後は薬で楽に死にたいという人間が越してくるわけだな。好きな時に苦痛なく死ねるというのは、人生においてはこれ以上無い〝保険〟だよ」

「理屈は理解できるが……。死をそこまでポジティブに捉えられるものなのか」

「時代が変われば感性も変わる。ついこの間まで無痛分娩《ぶんべん》ですら悪という時代があったのだからな」

テイラーが口籠《くちご》もる。無痛分娩と自殺を同列に考えて良いものかとも思うが、確かに楽な方へと流れるのは自然なことだ。無痛分娩が許された都市と禁止された都市があれば、どちらに人が集まるかは明らかだろう。

「首長のメリットはなんだろうなぁ……名誉《honor》、力《power》、金銭《money》」

「現状どれも真逆ではないか。二都市の首長は自殺法導入で囂々《ごうごう》たる非難に晒《さら》されている」

「この先どう転ぶかわからんよ。そいつらは、少なくともチップをのせるところまで行ったのだ。少し離れれば誰も名を知らなかった地方の一政治家が、世界中が注視するルーレットに参加したのさ。賭《か》けるだけの価値があると判断してな」

「吉と出るか凶と出るか《Red or Black》?」

言ってからテイラーは、赤黒ではないなと思い直す。少なくとも今のテイラーの感性では勝率が五分五分とはとても思えなかった。

「さて」

エドムンドは無表情のままで、卓上にあった文鎮をコインのように動かした。

「我が合衆国のベットはどちらかな」

6

左の五本指が十五のキーを素早く打ち分ける。ディスプレイの中で小さな火柱が上がり、悪魔のような容姿のモンスターが倒れた。カーソルがその死体をクリックする。死体の持ち物ウィンドウがオープンし、カーソルは素早くアイテムを回収した。

九十ドルの左手用パッドに割り当てたキーを押すと、街へと帰るワープゲートが開いた。安全な場所に移動して、アレックスは小さく息を吐く。時計を見ると深夜の一時になっていた。

学生時代にやっていたＭＭＯＲＰＧ『Explorer Online』を、アレックスは四半世紀経った今でもプレイし続けている。

もちろん当時に比べれば遊ぶ時間は大幅に減った。徹夜でゲームをプレイするには歳を取り過ぎた。それは身体が若くないという以上に、社会的な制約からくるハードルに起因している。仕事と家庭を持っている四十七歳の男にとって、ゲームの優先順位はどうしても低くならざるを得ない。

アレックスはまず日中の仕事をこなす。続いて夜の分の仕事をこなす。仕事が終われば家族との時間を取る。妻と息子と会話し、家庭から与えられるタスクもすべてこなす。そうして家が寝静まった後にようやくプライベートの時間がやってくるが、その中にもいくつかの事項が優先順位を伴っており、一時間以上をゲームに費やせた覚えはここ数年ない。一日の最後に現れた小さな隙間《すきま》の時間、やっとネットゲームにログインして、ものの十数分でログアウトする。それが現在のアレックスのプレイスタイルだった。

大きなイベントには参加できないし、日々アップデートされる新しい要素もほとんど遊べていない。それは物事を掘り下げることに執心するアレックスにとってはたまらない苦痛であった。だがそれ以上に、探究を諦《あきら》めてゲームを引退することの方が辛くもあった。いつになるかは判らないが、まとまった時間を取れたら必ずすべてを遊び尽くす。そんな復讐《ふくしゅう》にも似た気分が、アレックスと『Explorer Online』の間を今も取り持っている。

その日、新実装ダンジョンの入り口付近だけを偵察がてらに探検して、アレックスは拠点の街に戻った。アレックスの装備なら多少苦戦はするだろうが攻略自体はできそうだった。パーティープレイならもっと効率が良いのだが、仲間を用意するのもまた時間がかかる。それならば自分でプレイ時間をコントロールできるソロプレイの方が良い。独《ひと》りで黙々と遊ぶのもアレックスの性格からすれば苦ではない。

深夜の一時であったが、街の中には多くのプレイヤーの姿が見られた。社会人のゲーマーにとって深夜はむしろコアタイムである。街の拠点である《銀行》の前では、数十人のプレイヤーがたむろして雑談《パブリックチャット》を交《か》わしている。話の内容は近くにいる人間ならばよく見える。

『自殺《Suicide》』

誰かの発言ウィンドウの中に、最近流行《はや》っている言葉が流れた。

世間は今、その暗い言葉に溢《あふ》れかえっている。それはアレックスの周りにも当然流れてきて、彼もまたそれについて考えざるを得なかった。ただアレックス自身はそれを考えることが嫌なわけではなく、むしろこういった類いの、答えの遠い、哲学的な命題を探究するのは大好きな行為の一つである。

ただ、もう分別のある年齢の「いい大人」としては、自殺に関する話題に嬉《うれ》しそうに近づくのも躊躇《ためら》われた。その点では『EO』の中はうってつけと言えた。

アレックスは自殺の話題を出していたキャラに近づいて『やあ』と話しかけた。相手のキャラが九十度に向き直り、アレックスのキャラと正対する。

『すごい！　〝AWW〟だ』

〝AWW〟はアレックスのゲーム上のハンドルネームであり、本名のイニシャルを並べたものである。現在は一線を退《しりぞ》いているとはいえ、伝説級のプレイヤーであったアレックスを知る者は少なくない。話しかけた相手は興奮気味にチャットメッセージを連投している。のりを見る限り、十代か二十代前半くらいの若いプレイヤーのようだった。

『今、自殺の話をしていたね』

ひとしきりの反応が終わって落ち着いた頃、アレックスは声をかけた理由を口にした。

『自殺法？』

『そうだね。ちょうどニュースで流れていたんだ』

若いプレイヤーは砕《くだ》けた調子で答える。ゲームの中では相手の年齢も性別もわからない。もちろん相手には黎明《れいめい》期からのプレイヤー・AWWが年上だろうくらいの予測はつくが、それでもわざわざ丁寧な口調で話すような〝場〟ではない。老若男女関係なくキャラクターとして向き合うゲーム内は、現実よりもよほど忌憚《きたん》のない話ができる。

『どう思う？』

アレックスは流儀通りに、ざっくばらんに聞いた。

『僕は良いと思うよ。有りだ』

『有りか。理由は？』

『日本の自殺法が最初に訴えた通りさ。死ぬのは権利だよ。死を選択できるというのは、個人の権利の最たるものだ。だからそれが保障されるのは正しいよ』

アレックスは話しながら相手の年齢をなんとなく想像した。大学生か、もう少し年上かもしれない。

『しかし人が死ねば社会的な影響が出る』

アレックスが反論を投げ込む。自身が反対の立場を取っているのではなく、あくまでディベートの題材の提供である。

『個人の問題で済まないことも出てくるんじゃないか』

『たとえば？』

『そう……まず仕事や学校への影響、仲間への影響が出そうだ』

『もちろんそういったことはきちんと片付けてからじゃないと駄目だろうね。人に迷惑をかけちゃいけない』

『片付けようと思っても片付け切れないこともあるのでは』

『というと？』

『一番は……家族が悲しむ』

『そうだね……。僕も家族は大好きだ』

若いプレイヤーのメッセージが間髪入れずに続く。

『けれど、それはまた別の問題だと思うよ。ほら、考えてみてほしい。時代が変わると共に価値観が変わるのは当たり前のことだ。つまり親の世代と子供の世代でも価値観は変わり得るんだ。だとしたら「親が悲しむから子供は死ぬな」という理屈が、子供の世代では通用しなくなることだって有り得るよね』

早口のように長文のチャットが流れる。言われてアレックスは目を丸くした。

《家族が悲しむ》という至極当然の価値観すらも変わる可能性があるというのは、簡単には想像できなくとも、確かに有り得ることだと思った。それだけは絶対に変わらないなどと断言することは誰にもできない。

『僕も家族を愛してるし、死にたいわけじゃないよ』若いプレイヤーは自身でフォローする。『けれど、誰もが絶対死んじゃいけないって言い切るのも違うと思うのさ』

『なるほど』

アレックスは素直に感嘆した。彼の意見は若者らしく良くも悪くもクレバーなものだったが、そういう意見を聞ける場自体が四十七歳のアレックスには貴重になっている。だからこそオンラインは楽しいし、僅《わず》かな時間を頑張って作ってでもログインする価値がある。

『AWWは？』

アレックスは少し考えてから、意見を打ち込んだ。

『わからない』

『検討中？』

『ああ。もう少し考えようと思うよ』

『そうだね。すぐに答えを出すような軽い話じゃないよね。まあデスペナが無いっていうなら、いくら死んでもいいんだけどね』

〝デスペナ〟とはデスペナルティの略語で、ゲームのキャラクターが死んだ際に発生する損失のことである。キャラが死んだ時にお金や持ち物が減るようならば、プレイヤーは死を回避しようとする。逆に死んでも特に不都合がない場合は、戦略にキャラの死を組み入れたり、積極的に死んでみたりすることもできる。

若いプレイヤーは突然呪文《じゅもん》を唱えた。炎が発生してそのプレイヤー自身を焼く。体力が0になり、キャラが死体となった。だが二十秒と経たないうちに蘇生《そせい》した彼のキャラが画面外から入ってきた。元の場所に戻って自身の死体から持ち物を漁《あさ》り、また元の姿に戻る。デスペナルティは特に発生していない。

若いプレイヤーのキャラは冗談めかして、手品が成功したマジシャンのように手を振って見せた。アレックスは同じく手を振り返し、ほどなくゲームからログアウトした。

「自殺法かあ……」

アレックスは書斎の闇に向けて小さく呟いた。

この問題の探究を始めるには、まだ色々なものが足りないと感じていた。

7

「現在、党内での調整を進めておりまして……」

テイラー・グリフィンが電話機のスピーカーを冷たい目で見つめる。無意味な言い訳に一々苛立っていては国務長官など務まらないが、それを日本人の鯱《しゃちほこ》張《ば》った英語で聞かされるとなんとも馬鹿《ばか》にされているような気分になる。長官室のソファではニックが苦笑いしている。

「外務大臣《Foreign minister》」テイラーが電話に向けて聞く。「日本政府は調整が済み次第、〝新域〟の解体に向けて動くという認識でよろしいですか？」

「いえ、その結論も含めましての調整で……。党内でも新域構想の責任について意見が割れており、まとめるまでに今少し時間が必要という状況でして」

テイラーはマイクが拾わない程度の舌打ちをする。

「失礼、緊急の連絡が入りました。申し訳ないが」

「ええ、いえ、こちらこそ」

「この件は後日また改めて」

通話終了のボタンを押して、テイラーは背もたれに沈んだ。

「ノースコリアだけでも面倒だというのに。」

「まさか日本から弾が飛んでこようとはな……」

「ミサイルの方がまだマシかもしれませんね」ニックが皮肉げに言う。「少なくともミサイルは狙《ねら》った相手にしか飛んでいかない。こっちは全方位無差別攻撃です」

「調整中と言ったが」テイラーが話を戻す。「本当は？」

「〝新域〟に関して、日本政府は完全にコントロールを失っています」

ニックがラップトップの画面と書類を順に眺めながら説明する。電話で本人から聞くよりもよほど詳細な情報が中央情報局《CIA》からすでに回ってきている。

「〝新域〟設立の総合計画《新域構想》は、元々非合法な側面を多分に含んだプロジェクトでした。それに一部でも加担した代議士達は、いつ自分達の汚職の証拠が露見するかと戦々恐々の状態です。そしてその証拠は新域の域長・齋開化《いつきかいか》に握られている。新域を潰して安寧《あんねい》を得たい、だが下手に動いて身の破滅も困る。その結果、全く身動きが取れずにいる」

「いくら待っても状況が好転するとは全く思えないが」

「それでも待つ国民性です。加点を求めるより減点を恐れる。何かをしてマイナス点がつくくらいならば、何もしない0点を選ぶんです」

「〝恥の文化〟か」

テイラーが頬杖《ほおづえ》をついて頭を回す。難儀な相手だと文句を言っているだけでは何も変わらない。現実的な使い方を考えなければならない。

「日本政府が敵に回る可能性は？」

「まずありませんね。状況を利用できるような政治力も胆力も持っていません。福澤《フクザワ》総理以下全員が、自国が振りまいてしまった問題の一刻も早い収束を望んでいる。本当は我々に助けを請《こ》いたくてしょうがないはずです。それをしないのは、助けを求めた場合の損得勘定で必死だからでしょうね。つまり」

「圧力で十分か」

ニックが微笑《ほほえ》んで頷いた。自分の主に適切な情報を提供できたという満足顔だった。テイラーは脳内のキャッシュメモリから日本政府をアウトする。片付いた問題をいつまでも置いておく必要はなかった。代わりの新たな問題を読み出すため、彼は執務室の壁にかけられたボードに目をやった。ニックもそちらを見る。

ボードには日本の、東京西部の地図が貼《は》られている。赤い線で囲まれた中心に文字が並んでいた。

《Shin-iki》

「はてさて」ニックが軽い口調で聞いた。「どうされます?」

テイラーは返答しなかった。正直なところ、未《ま》だ対応の方針が定まっていない。合衆国政府としても、国務長官としても、テイラー・グリフィン個人としても。

これならばノースコリアのミサイル問題の方が幾分楽だとテイラーは思った。ミサイルを持ったなら叩けばよい。殺人兵器を開発する国家が相手なら、大義名分の下に制裁を発動できる。国家間協議で締め上げて、いざとなれば力《power》で制圧してしまえばいい。

だが〝新域〟が持ってきたのは《思想《イデオロギー》》だ。

思想や観念のような無形のものを相手にするのが一番難しい。思想には弾が当たらない。軍を使って容易に殲滅《せんめつ》できるものではない。

軍事力を一切有しない一地方自治体である新域は、その思想のみをもって世界と相対している。まるでガンジーのような無手勝流だが、すでに世界の二都市がその思想に賛同の意思を示している。テイラーはそんな相手との戦い方をまだ掴んでいない。

だがそれでも、それが世界に悪影響を与えるものなのだとしたら、合衆国政府は戦わなければならない。合衆国は〝世界の警察〟であり、警察とは公序良俗を乱す悪を取り締まるものであるからだ。

少なくとも今のところのテイラーは、一個人として自殺法を悪だと考えていた。それは自身の論理的な考察の結果であり、同時に自分の宗教的背景から導かれた答えでもあった。

テイラーは数瞬の間、思想の撃ち殺し方を考えた。本当にそんなものがあるのかもわからなかった。

8

その日、アレックスは勤務後に息子を誘ってボウリングをした。ボウリングは体格的に恵まれないアレックスでもハンディキャップ無く楽しめる（少なくともそう思える）スポーツの一つだった。ただそれも「あらゆるスポーツの中でまだ人並みにできる方」というだけで、スコアは調子の良い時でも百二十、アベレージはようやく百という具合であった。

ガラランと音が響いて、八本のピンが倒れる。スコア画面の七フレーム目に八が点《つ》き、トータルは九十。アレックスはうん、と頷いた。良い方のスコアだった。

「僕だ」

続いて息子のオリバーがボールを抱《かか》えた。十二歳のオリバーは十四ポンドを選んでいる。子供にはきつい重さではとアレックスは思うのだが、オリバー自身はさほど苦しむ様子もなくボールを投げこなしている。アレックスのボールは十二ポンドだった。あまり重い球でプレイすると筋肉痛になる。

　オリバーは安心して見ていられるフォームで球を投げ込んだ。十本が倒れ、スコア画面にベストのマークが浮かんだ。

「やった」

　オリバーが喜びを露《あらわ》にして父親に駆け寄る。アレックスは腕を打ち合って応えたが、内心は面白くなかった。まだ小学生《pupil》の息子に対して大人げない対抗心を燃やしていた。だが実際のところ、普段からほとんど運動をしないアレックスよりも、地域のスポーツクラブで日々汗を流しているオリバーの方が運動能力は高い。初めは教えてあげていたボウリングですら、すでにアベレージで追い抜かれる始末だ。

　順番が来て、アレックスが意気込んで投球する。ガーターと二ピンで八フレーム目は終了した。投げ終わってからやっと全身の力みに気付く。アレックスはため息を吐いて息子の隣に座った。

「学校はどうだい」

「順調にやってるよ」

「バスケットは？」

「チームで六人目って感じ。早くレギュラーになりたい」

「勉強もおろそかにしてはいけないよ」

「了解《Yes, sir》」

　ふざけた調子だが、彼が本当に解っているのをアレックスは知っている。

　オリバーの通う学校は家から車で十五分ほど離れた市街地にある私立校だ。学業の水準は高く、入学試験ではIQテストで上位数パーセントの結果を求められる。飛び級のシステムも充実していて、その先には名門大学への道が開けている。オリバーはそんな中で、バスケットボールと学業を両立させてみせていた。

　アレックスは息子を見ていて思う。勉強ができるのは間違いないが、それ以上に要領が良い。地頭が良いのだ。そしてそれは、アレックスにとって憧《あこが》れの能力の一つだ。息子は自分より頭が良いという事実を、アレックスは悔《くや》しがりながらも認めていた。彼はオリバーを見るたびに、自分の要領の悪さが遺伝しなくて本当に良かったと思うのだった。

　ガコンと球が戻ってくる。次はオリバーの番だったが、彼はすぐには立たなかった。互いに話をしようという雰囲気があった。

「父さん」

「うん」

「あれって……どうなの？」

茫洋《ぼうよう》とした質問だったが、文脈ですべてが伝わった。

「自殺法かい？」

アレックスが言葉に起こした。オリバーは父親の目を見て頷く。その言葉自体、言ってはいけないと思っているようだった。

「毎日ニュースでやってるから、学校でも話すよ。でもよくわからない」

さもあらんとアレックスは思う。大人だってよくわからないのだから、子供にわからないのは当然のことだ。

「自殺法をやるっていう街が今週また出たよね」

オリバーは正しい言葉を探しながら話している。悪い言葉を口にしないように、地雷原を歩くような慎重さで話を続ける。

「自殺はいけないことのはずなのに、もう三つの街が自殺を認めるって言ってる。でも国が無理矢理やめさせるわけじゃないし、誰かが捕まえられたりもしてない。だから僕も友達もみんな混乱してるんだ。ねぇ父さん。自殺は悪いことじゃあないの？　それとも本当は、やってもいいことだったの？」

アレックスは息子から視線を外し、静かに考えた。焦りや動揺はない。ボウリングの最中よりもよほど落ち着いている。

「まず最初に言っておきたいのだけれど」アレックスはやはり静かに口を開いた。「自殺が悪いことかどうかは、お父さんもまだわからないんだ」

「わからないの？」

オリバーは素直に驚いていた。その表情の中には拍子抜《ひょうしぬ》け、落胆というニュアンスが入っているのも見える。けれどアレックスはすべてを正直に話すと決めている。

まだ十二歳のオリバーを、アレックスは対等な一人の人間として扱うつもりだった。それは今日に始まったことではなく、オリバーが生まれた日、〇歳の時からそうだった。そもそもアレックスは、大人と子供という線引きに重きを置いたことがない。成人年齢など国によって異なるものだし、大人より聡明《そうめい》な子供もいれば、子供より幼い大人もいくらでもいる。

だからアレックスは、子供だからという理由で過度に情報を制限したりはしない。逆にあらゆるものを無思慮に与えたりもしない。渡す側の責任と、受け取る側の責任において、互いに一番正しいことを目指してコミュニケーションを図る。それは大人同士なら誰もがやっていることであり、人間同士の適切な関係だと思っている。

アレックスは自分の息子に対して、「自殺は悪いことだ」と言わなかった。

自分自身が判断のついていないことを言う気にはなれなかったし、道徳だ教育だの上っ面を舐《な》めたような浅はかなことを言えばオリバーには覿面《てきめん》に見抜かれるであろうとも思った。彼は自分より頭が回る。下手な嘘や欺瞞《ぎまん》は通じない。

「お父さんも、今調べてる」

アレックスは再び事実だけを告げた。オリバーの目がにわかに開く。

「調べているの？　何かわかった？」

「いくつかね。聞きたいかい？」

オリバーは神経反射の速度で頷いた。アレックスは少し嬉しくなって、座ったまま前のめりになる。

「僕も調べて初めて知ったんだけれどね」アレックスはにわかに焦《じ》らして言った。「実は聖書には、〝自殺は罪〟とは書いていないんだ」

オリバーが目を丸くする。狙った通りの反応に満足しつつアレックスは続ける。

「聖書の物語の中には何人かの自殺者がいる。ユダ、サウル王、ギロ人アヒトフェル……。だけどどのケースにおいても、聖書はその文の中で自殺自体の罪には言及していない。つまり罪でないとも言っていない」

「決まってないということ？」

「解釈次第というところかな。たとえばモーセが神から与えられた十戒には《殺人をしてはいけない》という項目がある。自殺を〝自己の殺人〟と考えるなら十戒に抵触する」

「それはすごくよくわかるよ」オリバーが深く頷く。「人間を殺すのが駄目だというのなら、自分を殺しても駄目だ。自分だって人間なんだから」

「またこういう解釈もある。命は神からの賜《たまわ》り物で、人の体はそもそも自分自身のものではないという話だ。神の創造物であり所有物である命を奪うのは、神への反逆であるということ」

「それは……どうだろう」

オリバーが少し悩んでいる。アレックスは思考の材料を供給する。

「そもそも僕達人間は、自分達で命を造り出すことができないということなんだ。生殖と出産はあくまで神が最初に造ってくれたシステムを運用しているだけで、何もないところから命を生み出すことはできない。だからこそ命は自分達のものではないし、それを奪う権利もない」

アレックスは言葉を選ばずに話す。十二歳のオリバーは性について十分な知識をもっているわけではないが、そこは今の議題と直接関係することではないし、彼ならばそれを切り分けて考えられるだろうとも思った。人間と神の関係について考えてもらえれば十分だった。

「神様のものだから奪うのは駄目というのは、わかるよ」オリバーは考えを言葉に変えていく。「けれど納得しきれない感じもする。僕が〝神様のものだから自殺は駄目だ〟って説明しても、きっと友達を納得させられないと思う。なんというか、考えることをよそに押し付けた感じがするんだ。答えが出ていないのに、考えるのをやめてしまってる気がする」

今度はアレックスは深く頷いた。意見への肯定ではなく、オリバーがよく考えていることへの喜びの反応だった。

彼は「神を基準とするのは思考停止ではないか」と言っている。

オリバーは今が信仰を育《はぐく》む時期であり、まだ神との関係を確立できていない。またアレックスは自身のことを信仰心の薄い人間だと分析しているが、それでも全く信仰がないということではなく、心の根底には神に拠る部分が明確に存在すると自覚している。

アレックスは、神に基準を求めることを思考停止とは思わない。

それは信仰の本質であり、そこに言葉と理論だけで説明しきれぬものが存在するようにも感じるからだ。

けれど同時に、オリバーの感じていることも非常によくわかった。神の壁で終わりたくないという感覚は、幼さや未成熟からくるものではない。彼の頭が行っているのは正しい意味での〝哲学的探究〟だ。

そして探究は、アレックスの一番の趣味である。

「君がさっきわかるといったモーセの十戒も、結局神からの賜り物だね」

アレックスは全力で息子の思索に付き合った。

「そうか……そうだね」オリバーが再び考え始める。

「神の法も、神の所有物であることも、自殺の否定理由を神に求めている。そして聖書にはそれ以上の情報がないんだ。だからそれに納得できない時は、引き続き考えなければいけない」

「じゃあ、つまり」オリバーが悩ましげに顔を上げる。「今も世界のみんなは、モーセの十戒や神の所有物っていうのを信じて、〝自殺は罪〟って言っているってこと？」

「実際はもう少し複雑だけどね」アレックスは最近調べたことをそのまま話す。「キリスト教で自殺が罪という観念が広まったのは五世紀の初め頃らしい。当時は殉教として自殺する人間が多かった。それを止めるために自殺は罪だと広めたのが、神学者のアウレリウス・アウグスティヌスだ。その観念は広く受け入れられて、自殺は罪という考えは歴史とともに広がっていった。過激だった頃には自殺者の遺族までもが罪を問われたりもしたというよ」

「それは、無茶苦茶だよ……」

「でも当時はそれが当たり前だったんだ」

オリバーは意味がわからないと首を振った。アレックスも同意見で、親族の自殺で苦しむ遺族に追い打ちをかけるというのは信じられない行為だ。現代の自分達の価値観ではとても認められない。

けれども、だとしたら。

今我々が当然と思っていることが、馬鹿げた話だったと思われるような時代が来るのだろうか。

「でも自殺法は日本からだよね」オリバーが続ける。「日本は仏教？　仏教だと自殺って」

「ああ、そうだね。それはね……」

と、そこで携帯が鳴った。画面にはエマの表示が見えた。アレックスは同時に時刻を見て、しまった、という顔をする。電話に出る。

『スコアはいかが』

アレックスは震える声でまぁまぁだよと答えた。

『オリバーにはもう遅い時間ね』

「そうだね、うん、わかってる」

『わかってはいない……』

夫に向けるとは思えぬほど冷酷な声であった。

『早く戻りなさい』

「はい」

電話を切ったアレックスは大慌てで操作盤をいじり、途中だったゲームを無理矢理終了させた。あと二フレームだったのに！　とオリバーが文句を言ったがもはやそれどころではなかった。一秒でも早く戻らなければ、神からの賜り物が失われる事態になるだろう。

9

八月十八日。

その日、合衆国は全国的に晴天だった。首都ワシントンD.C.の球場ナショナルズ・パークでは十三時五分からエンゼルスとナショナルズのインターリーグが予定されていた。朝から気温が上がり始めていて、フードトラックの店主はアイスクリームサンドウィッチの在庫切れを心配していた。

「なんだと?《What?》」

国務長官執務室でテイラーは携帯電話に聞き返した。それは想定していた話であったはずだが、それでも聞き返さずにはいられなかった。有り得ると考えていたと同時に、きっとそうはならないと無意識に信じてしまっていた。

携帯を切り、すぐさまデスクの固定電話で秘書に連絡する。

「ホワイトハウスだ。午前の予定はキャンセルしろ」

すぐさま車が用意され、テイラーは国務省から五分でホワイトハウスへと移動した。

ウエストウイングの廊下を早足で進んで行くと、ちょうどキャビネットルームから出てきたエドムンドと鉢合わせする。

「早いな」

「状況は」

「寝耳に水だよ《Out of the blue》」エドムンドが首を振る。「一切、何の前触れもなかった。CIAも何も摑んでいない」

二人が並んで歩を進める。行き先は同じだった。普段は大型動物のように長閑《のどか》な歩調のエドムンドもたまらず人並みの速さで歩いている。

テイラーの頭も混乱期を抜けてようやく回り始めていた。情報が無い中でも優先順位を付けて動かなければならない。

「報道対応はこれまで通りに」

「迂闊なことさえ言わなければ何でもいいさ。事実として方針が決まってないのだから何も言えんだろう。予告しておくがまだまだかかるぞ。〝考える人《The thinker》〟のあだ名は伊達《だて》じゃない」

「どれくらいだ」

「これまでで一番《ever》だ」

九十度の円弧を描く独特の廊下の真ん中に、白いドアが立っている。テイラーがノックし、二人は扉を開けて入室した。

閉められたドアが壁の一部となる。扉の裏側が室内の壁と同じ装飾になっていて、中からはまるで壁にドアノブが付いているように見える。

その部屋は円形であった。正円ではなく僅かに楕円《だえん》、卵形をしていた。北側には白い大理石の暖炉《だんろ》が鎮座《ちんざ》し、上に肖像画が掲げられている。肖像画の対面には、白頭鷲《はくとうわし》の紋章の絨毯《じゅうたん》を挟んで重厚なデスクが置かれていた。デスクを中心として、部屋に入った人間達と等しく同じ距離で話ができるようになっている。卵形の部屋はそのための形だった。

部屋の名を〝オーバルオフィス《楕円の執務室》〟と言う。

テイラーはデスクに座る部屋の主を見遣《みや》った。男は背もたれに深くもたれながら、肘掛《ひじか》けで頬杖をついていた。見た通り、考え事をしている。考え事の多い男だった。

「大統領」

テイラーは考える人に向けて呼びかけた。情報がすでに伝わっているだろうことは解っている。それでももう一度伝えずにはいられなかった。

「ハートフォード……。コネチカット州です」

テイラーは合衆国内初の、自殺法都市の名を伝えた。

「うん」

男は簡単な返事をすると、頬杖を外して眼鏡を直した。

小柄で近眼の貧弱な男は、辛そうにではなく、楽しそうにでもなく、ただ淡々とした表情で事実を口にした。

「四つ目かぁ……」

アメリカ合衆国大統領アレキサンダー・W・ウッドは。

〝自殺〟について、ずっと考え続けていた。

II・

1

細長い部屋の中に細長い会議テーブルが鎮座する。二十人あまりの中年がそのテーブルを囲んで座り、一回り外側に年代の若いスタッフが並ぶ。テーブル窓側の中央に位置する〝上座〟には、大統領アレックスの姿があった。

ハートフォードの自殺法導入宣言を受けての緊急会議が、ホワイトハウス西棟・キャビネットルームにおいて開かれていた。

「人口は十二万五千人」

監視チームの情報分析担当スタッフが、会議の面々に向けて説明する。

「これはあくまで住民人口で、都市部では百二十万人が活動しています。湾岸貿易で発展した経緯から貿易リスクに対応する保険会社が多く設立され、現在では〝世界の保険首都〟と呼ばれています。三ページを」

出席者がレジュメをめくる。浅黒い肌の、温和そうな男の写真が載っている。

「現市長はベニチオ・フローレス。プエルトリコ出身、ハートフォード大学からコネチカット大学のロースクール。現在二期目です」

「共和党か」

エドムンドがつぶやいてキャビネットルームの中を見遣る。面子《メンツ》の中の、共和党からの移籍者に目を留めた。

「どんなやつだった？」

「直接の面識はありませんが……」聞かれたスタッフが思い出しながら答える。「物腰の柔らかい穏健派、クリーンなイメージの政治家です。ハートフォードは前市長が汚職で降ろされたのでフローレスに票が集まりました。地元の叩き上げで人気はあります」

「自殺法に住民が付き合ってくれるほどに？」

「それは……どうでしょう」

スタッフが口籠もる。そこまではわからないし、この場の誰にもわからない。

「連絡はつくのか？」

今度はテイラーが監視チームのスタッフに聞く。

「特に問題なく繋《つな》がっています。今のところ政府を拒絶する意志はないようです」

「じゃあ……」

もやりと呟いたのはアレックスだった。彼の言動は普段から遅く、緩い。そもそもアレックスは多人数と話すのがあまり得意ではない。流暢《りゅうちょう》に言葉が出てくるのは自分が今興味のある分野、探究中の事柄について話す時くらいのものだった。

大統領がそのような人間であるため、周りは必然的にしっかりせざるを得なくなる。エドムンドは彼の一言で意図を汲《く》み取《と》って頷いた。

「一時間後に電話を繋ぎます」

「うん、お願い。あとCIAとFBIと……ああ、これはまぁ。良い感じでお願いするよエド」

「了解《Yes, sir》」

エドムンドはお使いを頼まれた子供程度の気楽さで答えた。言われずとも十五分前にはすでに指示を終えている。

アレックスはそこまで話してから視線をテーブル上に向けた。何を見ているわけではなく、何も見ていなかった。テイラーはアレックスが〝考え始めた〟のを見て、自主的に会議の進行を引き継ぐ。国務長官職ではあるが、それ以上に大統領の右腕であるのは自他共に認めるところであり、列席の閣僚もそれはよくわかっている。

「短期的に自殺者が増えると予想される。救命、救急に関しては連邦緊急事態管理庁《FEMA》での対応となる。国家災害医療サービス《NDMS》とチームが迅速に動けるよう準備を」

会議は解散し、閣僚とスタッフが散り散りに部屋を出て行く。テイラーは自分の肩を揉《も》みながらため息を吐いた。

「仏との会談もあるというのに直前でこれとは……」

「ま、国内優先さ」

横で聞いていたエドムンドが他人事のように笑った。

そうして二人が話している間も、アレックスは椅子《いす》に座ったまま、延々と考え続けていた。会議室に三人だけになったところで、テイラーが呼びかける。

「大統領」

アレックスがようやく気付いて顔を上げる。エドムンドはすでに答えを知っている質問を一応することにした。

「考えはまとまりましたか?」

アレックスは悪気もなさそうに、いやあ、と答えた。「まだピースが全く揃《そろ》ってないようだよ」

2

オーバルオフィスの中に液晶モニタが運び込まれている。大統領のデスクの正面、座った目線の高さに設《しつら》えられたそれはテレビ通話用のシステムである。

モニタの裏側に位置するソファには、テイラーを始めとする数人の主要閣僚が座っている。相手側の画面に映るのはデスクに座る大統領だけとなる。カメラの画角の外で、ホワイトハウスのスタッフがせわしなく準備を進める。

「整いました」

デスクでアレックスが頷いた。部屋の中が静まる。数秒の間の後に、モニタに映像が表示された。アレックスと同じくデスクに座った男が映った。ハートフォード市長、ベニチオ・フローレス。

「やあフローレス」

アレックスは軽く言った。

「おはようございます、大統領」

ベニチオ・フローレスは厳粛に答えた。

二言目を交わす前に、アレックスは中継映像の中の男の顔をじっと見つめた。言葉を用いずとも人間の情報の多くは顔に現れることを、アレックスは知識と経験をもって知っている。人間は情報伝達のための表情筋が最も発達した生物であるからだ。そしてそれは現在の心境を表すのみでなく、個人のこれまでの人生情報をも含有する。こういった不文のデータを統計化する研究にもう少し予算を割《さ》いてもいいのかもしれないなどと考えながら、アレックスは電話の相手を観察した。

綺麗《きれい》な顔、というのが第一印象だった。

ベニチオ・フローレスは、〝清廉潔白〟という言葉の化身のような顔をしているとアレックスは感じた。齢《よわい》五十八、浅黒い肌のプエルトリコ系アメリカ人だが、室内照明に輝く目はまるで少年のようだった。クリーンな政治家という前情報ともよく合致する。

アレックスは事前に目を通した彼の経歴を思い出す。プエルトリコの貧しい家庭に生まれた彼は、両親と共に引っ越したハートフォードでコミュニティカレッジ（公立の二年制大学、費用が安い）に進学した。そこで十分な成績を修めた彼は、全額補塡の奨学金を獲得して私大のハートフォード大学へと進学し、その後ロースクール、弁護士を経《へ》て政治の道へ進む。まさに優等生のお手本のような経歴であったし、本人もその経歴に恥じない顔付きをしていた。ここまでの情報に問題は一つもない。なので、アレックスは考えなければならない。

なぜそのような人物が、自殺法導入を宣言したのか。

「もう少し、その、楽にしてくれないかな」アレックスは二言目を発した。「僕は別に、君を糾弾しようと思って電話をしたんじゃないんだから」

それは何の裏も策略もない、アレックスのただの本心だった。だが合衆国大統領の言となれば多くの者が言外の意味を勝手に読み取ってしまう。

「緊張をしている方が自然なのです、大統領」

フローレス市長もまた、素直に緩むような真似《まね》はしなかった。

「私は世界でいまだ四つしかない自殺法都市の市長であり、電話の相手は合衆国大統領です。この状況でリラックスできる人間がいるならばお目にかかりたいものです」

ウィットを滲《にじ》ませているが本人の顔付きは真剣そのもので、言う通りの緊張も見て取れる。だが緊張と言っても動揺や焦りは微塵《みじん》もなく、その目には明確な意志の光が宿っている。

別モニタで中継を見るテイラーは、その妙な意志の強さに怪訝《けげん》な顔をする。エドムンドは値踏みするようにフローレスの顔を眺めている。

「そうだね、無理は必要ないよ」アレックスが続けた。「今は必要のある話をしよう。お互い忙しい身だからね」

「賛成です、大統領」

「まぁとりあえず聞きたいのは……」

アレックスは興味のままに身を乗り出した。

「なぜ君はハートフォード市に自殺法を導入したのかな?」

シンプルな質問が矢のように飛んだ。

「なにもおかしなことはありません、大統領」

フローレス市長は、その矢を正面から受け止めた。躱《かわ》す気などまるで無いようだった。

「私は市長として、通常の業務を遂行しているに過ぎないのです」

「というと？」

「市長の仕事とは、市民に安心かつ健康的な、豊かな暮らしを提供すること。またそのための計画や制度を作り、運営していくことです。教育プログラムの改定も、クリーンエネルギー化による百八十万ドルのコスト削減も、すべては市民生活の向上を目的とした仕事の一環に他なりません。その中で我々は、自殺法という新たな思想を体現した条例に出会いました。そしてそれを導入することが、ハートフォードに暮らす十二万五千人の生活の向上になると判断したのです。だから私は自身の職責において、迷うことなく自殺法の導入に踏み切ったのです」

「なるほど」アレックスが頷く。「つまり今回の自殺法導入は何ら特別なことではなく、あくまで通常の市政運営の一つに過ぎないということだね」

「その通りです、大統領」

「けどそれにしては、性急過ぎる気もするんだ」

アレックスが手元の資料に目を落とす。フローレス市長とハートフォード市に関する情報、特に直近二ヵ月分のものがまとめられている。市の公式サイトに書いてあるようなこともあれば、中央情報局が極秘裏に集めたものもある。だがその中に、自殺法導入を仄《ほの》めかすような情報は見られない。

「日本の新域で自殺法宣言がなされてからまだ一月半だよ。十分な検討を行うには時間が足りないんじゃないかな？」

「おっしゃる通り、正式な手続きを踏襲できていないのは事実です。導入を宣言したとはいえ、現行は私個人と市の行政府の意志にとどまります。これから議会と市民の承認を求めることになりますし、そのための自殺法検討プロジェクトチームも発足する予定です。すべてはこれからです」

「そうだね、ええとつまり、僕が聞きたいのは」

アレックスがシンプルな言葉を探す。回りくどい言い回しはあまり好きではない。ならなぜ回りくどい言い回しが仕事のような政治家になどなってしまったのかはアレックスにもよくわからなかった。

「君はなぜ、それらの必要なプロセスをすっ飛ばして、大急ぎで自殺法の導入宣言をしたのかってことだよ」

質問が画面の向こうに届いたことは空気でわかった。そしてその質問によって、ベニチオ・フローレスが面食らっているのもわかった。想定外の質問をされたような、そんなことを聞かれるとは思っていなかったような、単純な驚きのように見えた。

「失礼」フローレスが気を取り直す。「そうですね、私は……」

彼は言葉を探っていた。明文化していなかった自分の考えをこの場で紡ぎ出そうとしているようだった。

「大統領」

「うん」

「申し訳ない、少し感覚的な、論理的でない話になってしまうかもしれませんが」

「構わないよ。続けて」

「そう……たとえばです」

フローレスはにわかに興奮し、手振りを付けて話し始める。

「我々の国、合衆国のルーツは、元を辿ればコロンブスの新大陸発見まで遡れます。新大陸、新天地を求める人々の情熱が、新たな土地への道を切り開いた」

アレックスは頷いた。誰もが知っていることだった。フローレスが続ける。

「また十九世紀、我が国はゴールドラッシュに沸きました。金脈を求めて未開の西部を切り開いた。そこに無数の困難があろうとも合衆国市民は止まらなかった。前人未踏の地へ踏み出す意欲、行動力、勇気。我々は今もそれを持っています」

「開拓者精神《フロンティア・スピリット》」

今度はフローレスが強く頷いた。

「私は自殺法に、人類の新天地《フロンティア》を感じたのです。大統領のおっしゃる通り、十分な時間をかけて自殺法を検討する道もあったでしょう。けれど私は止まれなかった。広大な新世界を前にしたならば、危険も困難も何の妨《さまた》げにもなりはしないのです。勇み足かもしれない。ですが私は、これこそが勇気だと思っている」

アレックスはもう一度頷いて見せた。あくまで精神性の話ではあったが、フローレスと同じく合衆国で生まれ育ったアレックスには、言わんとしていることが十二分に伝わっている。

精神性《スピリット》はこの国の根幹を成す概念だ。

「〝この憲法が合衆国に委任していない権限または州に対して禁止していない権限は、各々《おのおの》の州または国民に留保される〟」

アレックスはすらすらと言った。画面のフローレスが瞬《まばた》きする。

「権利章典、修正第一〇条だよ。合衆国憲法で委任されてない権限は州と人民のものだ。ハートフォードの自殺法導入に関しても、原則的に我々がとやかく言うことはできない」

アレックスはこの国の原則を述べていた。同時にテイラーが余計なことを……という顔をしている。言わなければ解釈の幅を活用できたかもしれないが、最初から白旗では何もできない。

「現時点で、僕達はハートフォードと敵対しようとは思っていない。それは伝えておくよ」

「大統領」

フローレスが熱っぽい顔で身を乗り出す。だが二の句を継ぐ前にアレックスが「ああ」と言った。

「もちろんだけど、全面的に肯定したわけでもないよ。今はまだ保留というだけで」

フローレスが反射的に眉をひそめる。

「たった今、州の権利は守られていると」

「それはそれとして、同時に政府の権限も僕の権限も当然ある。いざとなれば大統領令でコネチカットに軍を派遣することだってできるんだし」

軍、の言葉の響きでフローレスはつばを飲み込んだ。

アレックスは別にフローレスを脅そうとしているわけではない。また駆け引きをしようとしているわけでもない。彼はただ単に、今ある選択肢や可能性を並べただけだった。実際はまだまだ考えるつもりだったし、その結果がどうなるかは本人にもまるで読めていない。そしてそれを人前で、会談の席でもただ漏れにしてしまっている。

正直者《honest man》。

まともに考えれば、虚実入り乱れる政治の世界でそんな人間が生き残れるはずはなかったが、アレックスは人と運に助けられながら生き続け、ついには大統領にまでなってしまった男だった。そして生きていけるのならば、正直という能力は他を圧倒する強烈な武器となった。嘘は脆《もろ》く、真実には強度がある。

フローレスはどう対応するのが正解かわからずに黙ってしまっている。テイラーは、主が無意識に振るうエクスカリバー《善人の剣》の切れ味に満足気に頷いた。もちろんその剣は両刃《もろは》であり、味《鞘》方の方が傷だらけになることも多いのだが。

「まぁこれからも、情報は綿密に交換しよう」

アレックスはゲームのフレンドに話しかける程度の気軽さでフローレスに打診した。

「状況が変わったり、何かやろうという時は、お互い事前に知らせるってことで。仮に軍を出すなんてことになっても先に一報入れるよ。安心してくれていい」

ベニチオ・フローレスは全く不安な顔で、仕方なく頷いた。


「十分です大統領」

映像通話が終わり、テイラーはアレックスに声をかけた。自殺法を導入した国内都市の長に対して、パワーバランスの上下を保ったまま協力を約束させた。相手が初動で獲得したはずのアドバンテージを打ち消して余りある内容に国務長官として満足していた。だが通話が終わった後も、アレックスは考え事を続けている。

「いくつまで増えるかな」

アレックスはいつもの気さくさで閣僚達に漫然と聞いた。

テイラーは難しい顔をする。それはあまり考えたくない話で、しかし当然予想される事態でもある。

自殺法都市が、これからどれほど増えるのか。

「シンクタンクが現在分析中ですが……」

テイラーが代表して見解を語る。

「まずこれまでの三都市の自殺法導入が本当に自然発生的なものなのかを見極める必要があります」

アレックスは顔を向けた。目で続きを促《うなが》す。

「日本の新域で自殺法宣言があったのは先月、七月一日です。第二の都市、加のハリファックスが宣言したのは八月六日で、約五週の間隔がありました。ですが第三の仏・グルノーブルが十三日、ブランクは一週間。四つ目のハートフォードが十八日、間隔は五日です。新域に追随した三つの都市の宣言が、たった二週の間に収まっている。これの意味を考える必要があります」

「これから加速度的に自殺法都市が増えていくということ？」

「現象だけを見ればそういう予測も成り立ちますが……。それよりはもう少し現実的な推測が立てられます」

「ふむ」と言ったのはエドムンドだった。「共謀か」

テイラーが頷く。アレックスの思考は実直過ぎるきらいがあり、権謀やいかさまなど社会の〝濁《にご》り〟の部分に疎《うと》い。そういった方面を補佐するのもテイラーとエドムンドの役割の一つだった。

「各都市と長の判断が早過ぎる。都市というのは基本的に鈍重なものです。最初の五週は考慮の時間と考えても、以降のフットワークが軽過ぎるのです。先行都市の動きに影響されたと考えるより、裏で繋がって宣言のタイミングを調整していたと考える方がよほど有り得る」

「裏付けは？」とアレックスが聞く。

「ＣＩＡが新域も含めた四都市を継続的に調査していますが……。現在までにそれを示唆《しさ》するものは出ていません。今のところは推察に止《とど》まります」

「ま、私もそうだと思いますよ大統領」とエドムンド。「人間ってのは、裏で何かやってる方が平常なもんですからな」

アレックスは否定も肯定もせずに二人の意見を聞いていた。四つの都市が裏で繋がっているという明確なデータはない。だが二人の閣僚《Brain》が同じ推察を出している。情報の軽重も含めて慎重に判断しなければとアレックスは思った。それはつまり、何らかの判断に至るにはまだまだ時間が掛かるということだった。

「調査は引き続き進めておいて」

3

「微速前進変わらずか」

エドムンドが呑気《のんき》に老眼鏡を拭いた。朝の慌ただしさを過ぎてようやく落ち着いたところだった。首席補佐官執務室の中にはテイラーの姿もある。国務長官であるテイラーの主な仕事場は一・二マイルほど離れた連邦政府庁舎にあるため、ホワイトハウスに顔を出した際には必ずエドムンドの部屋に顔を出し、可能な限りの情報共有に努めている。

「よくこの速度で合衆国大統領が務まるものだといつも思う」

テイラーの素直な批判にエドムンドが笑う。

「我々が勝手に必要だと思いこんでいるだけで、元々判断の速さなどいらない仕事なのかもしれんぞ」

「世界を主導する合衆国大統領なのにか」

「それが気負い過ぎだというのだ。幼稚園児の引率じゃあるまいし、先頭で必死に引っ張ろうとせんでも世界の国は勝手に歩むだろうさ」

テイラーは不満げに首を振った。年齢差があるせいかエドムンドほど達観はできなかった。

「それに、微速でも進んでいるうちはまだいいよ。最悪なのは〝考え直し《rethink》〟だ」

言われてテイラーが思い出す。それだけは絶対に避けたかった。

アレックスが大統領に就任したばかりの頃だった。中東外交において問題が発生した際に、CIAが入手した情報をテイラーは検討の俎上《そじょう》に上げた。それは確度の高くない情報だったのだが、速度を優先してのベターな判断であったとテイラーは今でも思っている。

だが結果としてそれは誤報であり、そこからが酷《ひど》かった。アレックスはその誤報を信じ、考慮に入れた状態でずっと〝考え続けて〟いた。それが一度《ひとたび》誤報だと判明すると、それまでに考えてきたものが一挙に崩れ、さらに思考のリセット期間が必要になり、リスタートまでに多大な時間を浪費した。大統領判断が延々と遅れる間に同盟国イスラエルには政治的画策を疑われ、両国関係悪化の一因となった。この一件のことをエドムンドは〝（考える人の）《The thinker's》考え直し《rethink》〟と呼んでいた。

正直者のアレックスにとって嘘が思考の天敵であることを、閣僚達は身をもって学ばされることとなった。以来テイラーもエドムンドも、情報を伝える時はその《確度》も必ず添えるよう心がけ、データがない時はデータがない、推察は推察と正直に伝えるようにしている。また不安定な情報はそもそも伝えず自分達の所で止めてしまう。二人はそうしてやっと合衆国大統領のハンドリングを保っている。

「自殺法の問題は社会問題であると同時に、そのまんまの意味で哲学だからな」とエドムンド。「下手を打てば無限に考えられてしまう」

テイラーは大統領が大統領ではなく哲学者として大学の隅の部屋で人生を終えてくれていたらどれほど良かっただろうと思った。

そこでノックの音が響いた。入ってきたのはエドムンドの部下のパーシーだった。パーシーはテイラーの存在を確認してからエドムンドを見た。エドムンドは「問題ないよ」と報告を促す。

「連邦捜査局《FBI》からの報告です」パーシーが書類を渡す。

「FBI」

エドムンドは受け取って内容に目を通した。それから怪訝な顔を作る。

「ハートフォードの件か?」言いながらテイラーが近寄って書類を覗《のぞ》き込んだ。だが書面を読んで、やはり同じような顔になる。

「ブラッドハム長官も目を通しています」

パーシーが補足する。渡した書類はFBI長官が正式に伝えてきたもので、怪しいものではないという補足だった。エドムンドとテイラーは再び怪訝な顔をした。書類はそれくらい珍妙な代物だった。

「これを伝えるか?」とエドムンドが聞いた。

「いいや」テイラーは強く否定する。「無用だ」

「まあ……そうだなぁ」

エドムンドは書類を卓上に置いてパーシーを見遣る。

「ブラッドハムに伝えてくれ。そのすじでも進展があるようなら、また報告してくれと」

パーシーが頷いた。まぁそうだろうという顔をして、素直に退室する。

残った二人はもう一度書面を見返した。情報の確度の話をしている時に、とびきりいかがわしい情報が入ってきたものだと呆れ顔になる。こんな報告をそのまま伝えようものなら、考え直しどころか大迷走に入り込むかもしれなかった。

書類の署名欄には《ＦＢＩ　特殊分析課》の文字が並んでいた。

4

サム・エドワーズは大きな男だった。

巨軀《きょく》と言って差し支えない身体は六フィート五インチ（約百九十五センチ）あり、がっしりとした四角いガタイがアメリカンフットボールの選手を思わせた。だが彼はその恵まれた体軀《たいく》を全く活かせない、外見とかけ離れた仕事に就いていた。

彼の父親はメジャーな自動車会社に勤めており、サムが七歳の頃に海外の支社への転勤を打診された。出世コースに乗る栄転であり、本人は意気揚々と赴任を決めてきたが、幼いサムにとって住み慣れたアイオワを離れて異国で暮らすなど全く望ましいことではなかった。

赴任地は先進国であったため、生活環境はアイオワの片田舎《かたいなか》などとくらべれば段違いに向上した。しかし七歳の、小銭程度の小遣いしか持たないサムにとって街の利便など大した意味はない。それよりも言葉が通じぬ世界に取り囲まれるストレスの方がよほど大きかった。

中でも最も彼を苦しめた要因は、彼が両親の判断によって公立の小学校に入れられてしまったことだった。サムはせめて英語の通じるインターナショナルスクールを希望していたが、赴任地の周辺に適当な学校がなかったことと、今の年齢ならばすぐに言葉を覚えるだろうという両親の希望的観測から本人の要望は却下された。彼は家の最寄りの公立小学校に二年生から通うことになった。

そこでサムを待っていたのは入る前から予想された問題だった。言葉の壁はやはり高く、授業は難解で、クラスメイトとのコミュニケーションも困難を極めた。それでも子供同士ならば身振り手振りやジェスチャーでどうにか仲良くするだろうと両親は簡単に思っていたが、七歳のサムはすでに片鱗《へんりん》を見せ始めていた大柄《おおがら》な体軀に似合わず、クラスの誰よりも繊細で内気な性格であった。言葉の通じない相手に積極的に話しかけるなどとてもできたことではなかった。自然、サムは学校でほとんど口を開かなくなり、周りもまたサムに声をかけなくなっていった。ただそれでも関わりが希薄というだけだったなら、サムは孤独にさえ堪えればよかった。

しかしクラスで浮いた外国人の少年は、子供の無思慮で残酷な娯楽の対象になった。転入から一月も経たないうちに、サムは当たり前のようにいじめの標的となってしまった。

小学二年生のいじめは何のひねりも無い〝教科書通り〟のものだった。外国人の特徴的な外見を揶揄《やゆ》したあだ名を付けられる。大柄な身体をからかわれる。遊びの体《てい》をたもちながら暴力を振るう。物を隠す。無視をする。どれもひどくシンプルな嫌がらせであり、だからこそストレートにサムの心を傷つけた。

それに対して、サムはほとんどやりかえすことができなかった。サムの体格はクラスでも飛び抜けていたので、まともに喧嘩《けんか》をすれば七歳の男子など相手ではないし、二つ三つ年上が相手でも引けは取らなかっただろう。しかしひたすらに大人しいサムの性格は、恵まれた体躯を全く活かせなかった。同級生を殴るなど想像すらできず、泣きながら「やめて」と唱えるのが精一杯であったが、その必死の叫びすらも言葉の壁が打ち消した。

毎日続く地獄の中で、真面目なサムはふてくされることも諦めることもできずに、いじめの解決法を愚直に考えていた。

性格を変えて殴り返すか。それとも言葉を覚えて抵抗の意思を伝えるか。

しかし内気なサムが前者を選べるわけもなく、彼は半《なか》ば仕方なく言葉を学び始めた。スラスラ喋《しゃべ》れなくてもよかった。いじめを止めさせられるだけの言葉が身につけばそれでよかった。

サムは現地の言葉を少しずつ会得していった。気性こそ大人しいが生真面目《きまじめ》であった彼は、子供の吸収力も相まって比較的早く語彙《ごい》を増やしていった。彼は言葉を覚える都度にいじめの主犯グループへ意思を伝えたが、伝われば終わるものならば苦労はない。発音や文法のおかしさはいじりのネタを提供してしまい、からかい自体が目的となっているいじめグループには火に油となった。転校してから半年が経っても、陰湿ないじめは続いた。

だがその頃から、クラスの空気に変化が見られるようになった。

日々言葉を増やすサムは、相手に対して正確な意思を伝えられることが多くなってきた。断絶していたコミュニケーションが成立し始めると、クラスの中で会話ができる相手が少しずつ現れた。サムへのいじめはクラスの全員が結託して行っていたことではなく、主犯グループの数人以外は不干渉を決め込んでいただけの傍観者である。もちろんそれがいじめの一部になっていたのは間違いないが、その多数はあくまで自分の身可愛《かわい》さに立場を決めていただけの、言うなれば日和見《ひよりみ》の集団でしかなく、空気が変われば自《おの》ずと態度も変わってくる。

サムの言葉の上達は、そんな集団を少しずつ懐柔していった。きちんと言葉の通じる相手、面と向かって話しかけてきている相手を無視すれば、もはや傍観という言い訳は立たない。いじめの実行犯になりたくない子供達は、サムと普通に会話し始めた。元々同情的であったグループが最初に軟化し、無関心であったグループも空気に適合した。九ヵ月が経つ頃にはクラスの大半がサムの存在を受け入れ、彼の生活は劇的に改善されていった。あとに残っていたのは、もはや引っ込みがつかなくなっているいじめ主犯の数人だけだった。

そしてその頃のサムには、すでに十分な自信が芽生《めば》えていた。もう自分は除け者《のけもの》ではない。クラスの大半が自分の味方をしてくれている。言葉を習得して社会をも味方につけたサムは、自分が正義であるという他人からの保証を自信に変えて、いじめグループと相対することとなった。

すでにある程度の会話ができるようになっていたサムは、もういじめはやめてくれという当然の要求を伝えた。理屈で負かされた子供の選択は、無理筋の暴力でサムを屈服させようというものだった。だが彼らが喧嘩で勝てていたのはサムが無抵抗だった時代の話で、すでに自信も味方も獲得したサムが一方的にやられる理由はない。対等の殴り合いになれば、頭一つ体格の違うサムの優位は明らかだった。それでもサムは力任せに殴り返すような真似はせず、もう自分は折れない、殴っても蹴《け》っても無駄だ、いじめはやめてくれと唱え続けた。

しかしグループを率いていた少年は、負けを認められないまま喚《わめ》き散らし、サムを殴り続けた。そして殴られ続けるサムもまた八歳にも満たない少年で、そんな相手に苛立たず冷静であり続けろというのは無理な話だった。だがサムはそれでも必死に自分を抑え、可能な限り暴力的にならぬよう、相手に重大な怪我《けが》をさせぬよう慮《おもんぱか》りながら反撃を試みた。

サムは右手で相手の顔を押さえた。両頰《りょうほお》を鷲摑《わしづか》み、口を塞《ふさ》ぐような形になった。そのまま相手を教室の壁に押し付けて、顔を近づけ、現地の言葉で言った。

「黙れ、二度と喋るな、一生口をきけなくするぞ」

サムの言葉は相手の耳から頭の中に入っていき、七歳の無防備な心を容赦なく刻んだ。サムへの恐怖を刻印された少年は、二度と学校に来られなくなった。親が学校に行かせようとしても怯《おび》えて泣き叫び、幼児のように母親にすがって震えるようになってしまった。彼は転校を余儀なくされて、クラスから姿を消した。

結果としてサムの生活には平穏が訪れた。だが、彼は苦悩した。

そんなつもりではなかった。学校に来られなくなるほど傷つける気はなかった。こんな結果は望んでいなかった。相手を転校に追いやった言葉が、サム自身にも深い傷を負わせることになった。

この一件でサムは、言葉というものの力を身をもって学んだ。言葉を覚えてクラスの味方を増やした。言葉を使って人間の心を壊した。薬にも毒にもなる言葉というものに、子供であった彼は畏敬《いけい》に近い感情をもった。

以来、サムは寡黙《かもく》な男になった。それは喋ることに怯えたからではなく、言葉という恐るべき代物に対してひたすら真摯《しんし》であろうとした結果だった。話すからには適切な言葉を発するべきだ、間違いを口にして人を傷つけることがあってはならない、元々生真面目だったサムは〝話す〟という当たり前の日常行為に、人の何倍もの覚悟をもつようになってしまったのだった。

サムはそのまま成長し、逞しい青年となった。彼は母国である合衆国の大学に進学すると、恵まれた体格に寄ってきた運動部の誘いをすべて断り、言葉についての勉強に勤《いそ》しんだ。彼はそのまま言葉を扱う仕事につき、キャリアを重ねた。巨軀の通訳サム・エドワーズはこうして生まれた。

国務省のデスクに熊《くま》のごとく大きな背中が座っている。背筋が伸びているのでさらに大きく見える。サムは海外の新聞に目を通しながら、専門用語を覚えるための単語帳を作っていた。

社会が用いる言葉は日々アップデートされていく。それに対応していかなければ通訳は務まらない。特に各分野の専門用語のような珍しい言葉は、辞書的な意味以上のニュアンスを含んでいることも多い。専門家ではないサムがそれらの言葉を正しく用いるには勉強が不可欠となる。

サムの主な仕事は同時通訳・逐次通訳と呼ばれる対話者同士の間を繋ぐ業務である。その成否は事前の綿密な準備と日々の技術鍛錬が決める。サムは今日も黙々と勉強を続けている。本人にとってそれは苦ではなく、自身の嗜好《しこう》とも合致していた。言葉についての理解を深められること、言葉をより正しく用いられるようになることは彼の喜びでもあった。

職場の同僚の電話が鳴った。同僚は通話を終えると、オフィスに向けて報告する。

「本日の会談は通訳不要だそうです」

待機していた仏語《ふつご》の通訳が了解と返した。現在の仏大統領ギュスターヴ・ルカは英語が堪能《たんのう》であるため、予定されていた米仏電話会談は本人同士が直接話す形になったようだった。

仏語通訳は気が抜けたようで、コーヒーを飲みに席を立った。サムは特に変わることなく、小さな机で黙々と勉強を続けていた。

5

ワシントンは夕方の四時だった。オーバルオフィスの円弧の窓から、にわかに夕暮れの色を帯びた光が入ってくる。

デスクにはアレックスの姿があった。国務長官テイラーが彼のそばに立ち、首席補佐官エドムンドは机の横に置いた椅子に座っている。アレックスが卓上の固定電話に話しかける。

「いいよ、繋いで」

「お繋ぎします」最初に答えたのは電話オペレーターだった。「お待たせしました、ギュスターヴ・ルカ大統領。合衆国大統領です」

「こんばんは、アレックス」

オペレーターの声が終わるのと入れ違いに、だるそうな男の声が言った。

「まだ日中だよ、ルカ」

「こっちは夜だ」

「知っているけれど。こういう時は互いに相手の時制に合わせて挨拶《あいさつ》をするものじゃないか。だいたいどこもそうしているよ」

「なんで私がお前に合わせなきゃならんのだ」

「もちろん合わせなきゃいけない理由はないけれど」

「なら四の五の言うな」

ギュスターヴ・ルカは心底面倒そうに言った。乱暴とも思えるような物言いだったが、それも相手を選んでのことだった。

ルカは大統領二期目、在任は通算八年目になる。対するアレックスは就任三年目であるが、ルカはこの三年の間にアレックス・W・ウッドという男の為人《ひととなり》を、嫌というほど味わわされていた。

アレックスの人間性を構成するもの、正直・慎重・優柔不断・愚直という要素は、どれも政治家として不要なものばかりであり、それらはテイラーを始めとする政府スタッフを大いに苦しめている。そして政治とは国内だけを向いて行うものではない。合衆国大統領ともなれば海外のすべての国が相手といっても過言ではない。となればアレックスの両刃の剣は、本人にその気がなくとも他国の政治家に傷を負わせることがある。

ルカはそうして斬《き》りつけられたうちの一人だった。

二年前、米国とEUは自由貿易協定の締結に向けて協議を進めていた。環大西洋地域における包括的貿易投資協定として、規制緩和、関税撤廃、貿易や投資の自由化を目指す超大型の交渉であった。だが市場開放が予定されている分野では、既得権益を持つ事業者からの反発も多くあった。

ルカは貿易協定によって損失を被る自国の事業者に対して、ロビイストを通じた交渉を進めていた。環大西洋貿易投資協定《TTIP》はルカ政権の外交の目玉であり、任期内に必ず成立させたい案件であった。ルカは国内の業界団体に表裏含めた補償を約束すると共に、市場開放のリストに残す部分と外す部分を慎重に取り引きした。そうした長期のトレードの結果、どうにかして貿易協定への協力を取り付けることに成功したのであった。その直後だった。

テレビの生放送に出演したアレックスは、環大西洋貿易投資協定について質問を受けて、簡単に答えた。

「基本的には全部自由化するよ。それが目的の協定だもの。例外は意味がない」

アレックスが発言をしたのはワシントン時間のゴールデンタイムの番組で、ルカは夜中の一時に叩き起こされることとなった。すぐさまホットラインで発言を取り下げろと怒鳴《どな》り散《ち》らしたが、アレックスは間違ったことは言っていない、今後もその方針で行動する、と答えて取り合わなかった。

自由化協定であることなどルカだって当然知っている。だがそれを現実に成立させるためには調整と交渉、飴《あめ》と鞭《むち》、虚実を入り混ぜた人間の説得が必要だ。それがすなわち「政治の言葉」であり、その作業こそが政治家の仕事に他ならない。古代ローマ時代から変わらぬ政治家の本質だ。

だがアレックスは違う。アレックスは嘘が苦手で、人心の機微を理解する能力も無い。それは政治家なのに政治の言葉を話せないということだ。そんな無垢《むく》で無知なアレックスを、ルカは話の通じない赤ん坊か動物のように見ていた。つまるところルカはアレックスが嫌いだった。この世で一番嫌いな政治家は誰かと聞かれたら迷わずアレックスと答えるだろう。

しかしそれほどまでに嫌っているにもかかわらず、現在のところ米仏の関係は良好といえた。それは偏《ひとえ》にルカ一人の努力の賜物《たまもの》だった。いくら相手が嫌いとはいえ、それで国交を左右するような人間に大統領など務まらない。ルカは最も得意な「政治の言葉《嘘》」を駆使して、米仏の良好な関係を演出し続けている。

「で、お前」

ルカは明瞭に横柄な態度で言った。表立った場所でなければ彼はアレックスに対して概《おおむ》ねこういった態度で接する。良好な関係はステージ上で保たれていればよい。舞台裏でまで演技する必要はない。

「下院は抑えられたのか」

「下院？」

「ＴＴＩＰの話だ。酪農業界への配慮だなんだと些末《さまつ》な所で止まっていただろうが」

「それはまだ未解決だけれど。今日はその話じゃない」

「いいや。この話でいいんだ」

ルカが教師のような口調で言う。

「アジアの地方都市の村長が考えた、幼稚で馬鹿馬鹿しいハウスルールについて真面目に話をするほど私は暇じゃあないからな」

「そうそう、その話だよ」

電話の向こうでルカが苛立ったのが横で聞いているテイラーにはよくわかったが、アレックスは当然わかっていない。

「幼稚かな。僕はそう断言もできないと思うのだけれど」

「馬鹿か。いや、知っている。お前は馬鹿だ」ルカは心の赴くままに罵《ののし》った。「なんで私がいちいち時間を割いてお前みたいな馬鹿と話さなきゃならんのだ」

「そう馬鹿馬鹿と言わないでくれよ。情報が増えていないよ。時間がもったいない……。ぱっぱと話せばぱっぱと終わるから」

「うるさい馬鹿」ルカは怒りを抑えもせず言った。「私には話など無い」

「僕にはあるよ」

「ああそうだろうさ、お前がかけてきた電話だからな、いい、もういいわかった、五分だ、貴様の肩書と見上げた馬鹿さ加減に敬意を表して五分だけやる、用事はその間ですべて片付けろ、時間が過ぎれば途中でも切」

「グルノーブルの市長はどんな人物？」

アレックスはすぐさま本題に移った。ルカが舌打ちをして答える。

「小物だ。名前も忘れた。ＩＴ企業役員の経歴持ちで、資金集めだけが取り柄のやつだ。

今回の騒動も商売になると思って舌なめずりで乗っていったんだろうさ」

「変わった人間ではない？」

「ちょっと銭勘定に頭が回るだけの凡人だよ。狂人じゃあないだろうさ。話したわけじゃないが」

「会わないのかい？」

「はっ」ルカが鼻で笑う。

「随分雑なんだなぁ」アレックスが不思議そうに言う。「これは結構重大な社会問題だと思うんだけど。君が相手を軽んじているのか、それとも問題自体を軽んじているのか」

「アレックス、教えてやる」

ルカが真上から言う。

「私は問題を軽んじてるんじゃない。私が問題を軽くしているんだ」

「ふむ？」

「いいか。自殺なんてもんはな、考えて何らかの結論が出るような話じゃないんだ。重大に捉える人間もいれば、馬鹿馬鹿しいと思う人間もいる。こんなものはな、気分一つで重くも軽くもなる問題なのだ。だったら好き好んで重く考える必要はない。軽い問題にすればいい」

「なるほど」アレックスが素直に頷く。「つまり、あえて些事《さじ》だという印象を政府が作っていると」

「大衆の気分を操作するのが政治という行為そのものだ。自殺法などという馬鹿げた思想は、質の悪い流行として潰してしまえばそれで済むのだよ。十年後にそんなこともあったなと思い出す程度で、教科書の隅にすら載ることはない」

ルカは吐き捨てるように言った。心底どうでもいいと思っているようだった。

「お前の所もそういうふうにしろアレックス。自殺法の後追い都市が出たんだろう」

「ハートフォードだね」

「無視でいい。メディアへの手回しさえ徹底しておけば半年後には忘れられる。多少珍しい条例のある地方都市が残るだけだ。問題はすべて片付く」

「でももう話してしまったよ。情報交換の約束をしたところだ」

「お前は……。情報交換だと？　どうする気だ」

「それはまだ」

「考えてる、か。はっ！」

ルカがまた鼻で笑った。アレックスの為人《ひととなり》はよく知っていた。

「おかしいかな」

「ああ、おかしいさ。全くおかしな話だ。どうおかしいか説明してやろうか」

「うん」

「いいか？　〝考える〟というのはな、至極論理的でまともな行為だ。順番に論理立てて、ロジックの先に答えを得る、それが考えるってことだろう。しかしだ、お前が今考えようとしているもの、自殺法というやつは」

〝狂っている《crazy》〟とルカが言った。

「わかるか。狂ったものをまともに考えても意味がないのだ。なにせ狂っているんだからな。こちらがいくら論理を見出《みいだ》そうとも、ロジックを望もうとも、狂人が相手ではすべて徒労に終わる。だから考えること自体が無意味なのだ」

「狂人《madman》」アレックスが言葉を反芻《はんすう》する。「各都市の首長は、みな狂人だと？」

「追随者は違う。後から始めた連中は阿呆か餓鬼かだ。だが少なくともその連中は、餓鬼らしく自分の利益を見越すだけの頭がある。つまり理を論ずるだけの論理を持っている。だが最初のやつだけは別だ。この〝最初〟というのが違いなのだ。善行だろうが悪行だろうが、人類で最初に何かを始めるようなやつはもれなく狂人さ」

アレックスはちらりと時計を見た。

「最初はつまり新域の……」

「カイカ・イツキ。若造だ」

五分ちょうどだったが、ルカが付き合ってくれそうなので気にせず続けることにする。

「君が名前を覚えたんだ」

「これだけ毎日報道されていれば嫌でも覚える。ま、来年には忘れられるだろうがな」

「今年でこの流行は収束すると？」

「収束させる、と言った。狂人を放っておけば社会秩序が乱れる。我々はすでに日本政府へ圧力をかけ、新域とかいう自治体への具体的な対応を急がせている。どれだけ力をつけようが地方都市は地方都市。最終的には国が勝つ」

アレックスはふむ、と頷く。

ルカが言っているのは最も根源的な政治のシステムであり、一つの真実だ。地方都市の人口と国家の人口を比べれば後者が勝る。

多い方が勝つという規則《ルール》。民主主義。

「だが圧力も隙間があれば半減する。そこから空気が漏れる。圧が逃げてしまう」

「？　圧力鍋《なべ》の話？」

「アメリカの話だっ」ルカが苛立って言う。「米の態度がどっちつかずだから日本政府の動きが遅いんだ。G6が揃って反対すればもっと早く片付いたんだ！」

横で聞いていたテイラーが意識して動きを止める。危うく頷きそうになった。全くルカの言う通りだと思っていた。

「それはほら、まだ考えがまとまっていなかったから……」

「うるさい、どんな馬鹿げたことを考えていたというんだ、言ってみろ」

「色々だけれど、やっぱり重要なのは彼だと思った。君が狂人と一蹴《いっしゅう》した」

カイカ・イツキ、とアレックスが言った。

「ほら、君も見たんだろう？　日本で彼が出演した公開討論の番組」

「あの茶番か」

「茶番かどうかの判断は任せるけれど。あの番組でイツキは自分の思想について語っただろう？　最初は病気の息子のために自殺法を考えた、今ではその有用性を認めて、家族とは関係なく社会のために自殺法を推進していると言っていた。けどそれは本当かな？」

「うん？」

「本当にそれだけなのかな、と考えていたんだ」

「他の理由があるというのか」

「何かがある気がするんだ。まだ場に出ていないカードが。これは勘だけど」

電話の向こうでルカがにわかに沈黙する。

カイカ・イツキを狂人だと断定するならそんなカードなど存在しないし、あってもなくても関係がない。だがルカは政治家として、そうでなかった場合のことも考えなければならなかった。また政治家としてのアレックスは最低だと思っているが、彼の〝勘〟に関しては少しだけ信じているところがあった。

ルカはここまでの要素を踏まえて四秒だけ考えた。

フランスの頂点にまで上り詰めた政治家の判断は早かった。

「知らん。興味もない」

それで十分だった。自殺法の提唱者に裏があろうがなかろうが、影響のない問題解決法を選択すればいい。逆にアレックスのように裏があるのではなどと考え始めればキリがないし、それこそ相手の有利なステージに引き込まれてしまう可能性もある。合理的判断だけで済む話をわざわざ複雑化する必要はない。

カイカ・イツキは狂人であり、国際的・合法的な政治手段で潰してしまうのがベストというのがルカの判断であった。

「僕は少し興味があるんだけどな……」

判断を終えたルカは、だらだらと考え続けているアレックスに容赦なく苛立つ。

「私は知らんといっただろうが。本人にでも聞けっ」

そう言い捨てた後に、会話が止まった。アレックスが返事をしなかった。嫌な間だった。まずテイラーが眉をひそめる。電話の向こうでルカも同じ顔をしているのが感覚でわかった。

「おい、お前」ルカの声が沈黙を破る。「やめろ、それだけはやめろよ。いいか、こっちの都合を考えろよ、おい、やめろ」

アレックスは全く別のことを考えながら通話終了のボタンを押した。

6

「カイカ・イツキと会うオプションはあるかな」

「ありません」

テイラーが可能な限りの強い口調で断言した。それでも足りず「有り得ません」ともう一度言っていた。

仏大統領との電話会談から二時間後、キャビネットルームでは予定されていた閣議が開かれていた。長テーブルを囲む主要閣僚達は、アレックスの案に対して一様に難しい顔を見せている。

「ルカ大統領の言い分はもっともです」

皆を代表してテイラーが続ける。

「新域の首長、カイカ・イツキの立場は現在も微妙なバランスの上にあります。議会選挙で一定数の議席を獲得はしましたが、それもちょうど半数。風向き次第で左にも右にも転がる状態です。そんな中で大統領が自ら会談すれば、彼という存在を認めることになる。ひいては自殺法への強烈な追い風になりかねない」

「話をするだけで、肯定するか否定するかはまた別だけれど」

「話をするだけで、すでに価値を与えるのです。貴方は合衆国大統領だ」

テイラーは言い含めるように言った。アレックスは少し考えてから別の閣僚に聞く。

「日本国内の感触はどう？　イツキの支持率と、自殺法の支持率」

「日本に限れば、一定の支持率を保っています」国家安全保障担当補佐官が手持ちの情報を伝える。「カイカ・イツキの支持率は新域内で四十八・六パーセント、全国で三十九・一パーセント。自殺法の支持率は新域内で五十一・六パーセント、全国で二十八・七パーセントです」

「思いのほか冷静な数字だね」

「十分おかしな数字です大統領。世界の自殺法支持率は十パーセントを割っています。これだけの支持があるのは日本だけです」

「《人気投票》ですよ、大統領」

そう言ったのはエドムンドだった。アレックスがそちらを向く。

「我が国にもそのきらいはありますが、日本は特に一時の人気が選挙結果へ大きく反映される。イツキはテレビ討論の生放送で国民感情に強烈に訴えた。その人気が続いているわけですが、これは時間が経つほどに、国民が冷静になった分だけ下がってくる。前月比は？」

補佐官が四・一ポイント減です、と答える。「ただ、これは二週間前の数字で。第二の自殺法都市が現れてから支持率復調の兆《きざ》しがあります。きっと第三、第四と増えるごとに」

エドムンドが望んだ通りの回答に満足して頷く。

「何もなければ支持率は下がる。何か大きなアクションがあればまた上がる。ショーですよ大統領。自殺法自体の可否以上に、市民《ギャラリー》が楽しんでいるかどうかが結果を左右する」

エドムンドが手の平でアレックスを指した。

「合衆国大統領《あなた》が舞台に登場すれば、それは最高の演出になってしまう。相手の演目をわざわざ盛り上げてやる理由はないでしょう」

アレックスは再び考えた。ルカもテイラーもエドムンドも同じ見解を示している。

ルカは「軽い問題にすればいい」と言っていた。イツキを軽く扱えば社会からの扱いも自然と軽くなる。大統領が自ら会談をすれば、テイラー達の言う通りにイツキの価値が上がり、問題は重くなるだろう。

アレックスは変わり者ではあるが、閣僚の意見を無視するような人間ではない。現在のところ、仏大統領・国務長官・首席補佐官が難色を提示。多分、国家安全保障担当補佐官も。

キャビネットルーム内を見渡す。

「会うべきでないと思う人は？」

少しの沈黙の後、一人、二人と手が挙がった。閣僚達は周りを窺《うかが》いつつ、最終的にテーブルの十七人全員の手が挙がった。

「ＯＫ」アレックスは手放すように両手を開いて言った。「これはやめよう」

7

胸ほどの高さの書棚がフロアの果てまでずらりと並んでいる。その間をグリズリーのような男がゆったりと通っていった。サム・エドワーズは退勤後に車を走らせ、ミシガン通りノースイースト沿いの大型書店を訪れていた。

『バーンズ＆ノーブル』は合衆国内最大の書店チェーンである。店舗数は全米で七百を数え、またその多くにカフェテラスを併設している。店内の書籍は未購入品でもカフェスペースで読みながら選ぶことが可能で、書店でありながら図書館のような一面をもっていた。

サムが足を運んだのはアメリカ・カトリック大学とトリニティ・ワシントン大学に挟まれた店舗で、四階建ての建物には数多くの専門書が揃えられている。サムの勤務先である国務省からは車で二十分ほどの距離にあった。『バーンズ＆ノーブル』は国務省から三百メートルのところにもあるが、サムはこちらの店舗の雰囲気が好きで、車を使って四マイルの距離を通っていた。

夜七時の店内には仕事帰りの客の姿が多く見られる。サムもその一人として、ゆったりとした気分で本を選んでいた。退勤後の自由時間に彼を縛るものはない。

四十一歳になるサムは未だ独身だった。積極的に結婚を避けていたわけではないが機会に恵まれなかった。付き合った相手はいる。しかし生涯の伴侶《はんりょ》を選ぶまでに至ることはなかった。以前友人から「結婚は勢いと妥協でするものだ」と諭《さと》されたことがある。サムにはそのどちらも欠けていた。

けれど幸運なことに、これまで独身であることを後悔する場面も少なかった。アイオワの両親には多少申し訳ない気持ちもあるが、孫の顔は妹夫婦が見せてくれているのでそれで十分だろうとも思っている。それより今は独り身《ひとりみ》の自由な時間で、天職と定めた通訳の仕事に思うまま打ち込めることがひたすらに幸福だった。

サムは目当ての本を探して棚を眺めて回った。店内の中央部まで来ると、書店による特集のコーナーがあった。そこで立ち止まる。探している本が都合よく集まっていた。店員が作ったであろうコーナー看板が飾られている。

《Feature "Suicide law" books》

そこは自殺法関連書籍のコーナーであった。

この一ヵ月半、自殺法は社会問題の筆頭として話題になり続けている。必然、政府通訳であるサムもそれに関する話を訳す機会が増えていた。その業務の一環として〝専門分野〟の資料は押さえておこうと考え、今日書店に足を運んだのだった。

サムはまず大判の雑誌を手に取った。日本で自殺法が発表されてから大急ぎで刊行された特集誌だった。内容は広く浅くの表面的な物だろうが、問題を専門に扱った資料には違いない。購入を決めて脇《わき》に抱える。

その他に心理学の本、社会学の本、哲学書、自殺予防の本などが積まれている。自殺法ではなく、自殺自体を扱った書籍が大半だった。哲学書の一角にはショーペンハウエルの『余録と補遺』が置かれている。その中に自殺に関する項があると手描きのポップが言っていた。ポップには抜粋文が載っている。「〝人間は自殺する者である〟」。

何冊かの本を抱えて、サムは特集コーナーを離れた。資料用の本だけでなく読書のための本も欲しかった。小説のコーナーを眺めていると、古典の作家の名が目に入った。ソール・ベロー。ノーベル文学賞にピューリツァー賞も取った有名作家だが、サムは今まで読んだことがなかった。

何気なく一冊を手に取る。『フンボルトの贈り物《Humboldt's Gift》』という本だった。ぱらぱらと捲《めく》ってみると、〝死〟の言葉が幾度か目についた。そういう時期にはそういう本を引き当ててしまうものだなとサムは思った。

捲る手を止めると、そこに書かれていた言葉が目に留まった。当たり前のことを言っているようなその言葉が、サムの脳裏に妙にこびりついた。

〝死の最終性《finality of death》〟

8

ログインパスワードを打ち込む。データロードの間を置いて街のグラフィックが表示された。宿屋の一室にキャラクターが〝降臨〟する。

深夜、アレックスはホワイトハウス内にある自身の書斎で、一日の最後の時間を『EO』に捧《ささ》げていた。ホワイトハウス中央棟《メインハウス》の二階はファーストファミリーの居住区となっており、アレックスの書斎はその南東角《リンカーンの居間》と呼ばれる個室だった。彼はこの部屋で本を読み、映像を見て、そしてゲームを楽しむ。広大なホワイトハウスの中で、彼だけの空間と呼べる場所はここしかない。

アレックスはマウスを操作し、拠点の街を歩いていく。ただ歩いているだけだったが、キャラの動きがコマを飛ばしたようにカクン、と引っかかった。極《ごく》僅かなラグだが、一線級のプレイヤーであるアレックスにとっては堪え難い遅延でもある。

実を言うと現在使用しているホワイトハウスの回線がお世辞にも誉《ほ》められたものではな

い。街で日常生活を営む程度なら何ら問題ないが、大規模戦闘などに参加すると致命傷になり得るラグが発生する。それもすべてアレックスの肩書の影響だった。

ネットワークゲームのような相互通信を行うソフトでは、大量のデータのやりとりが逐次発生する。速度を出すためには回線を広く開くべきだが、それは同時にセキュリティの低下を意味している。大統領がゲームをしたせいでサイバー攻撃を受けたのでは洒落《しゃれ》にもならない。

そういった理由で通常ならばネットゲーム自体を止められてしまうのだが、ホワイトハウスに移るに当たってアレックスはゴネた。ゲームを引退させられるくらいなら大統領を辞めるとまで言った(売り言葉に買い言葉ではあったが、実際にそう言った)。結局折れたのは政府の方で、専門のスタッフがセキュリティを確保した専用回線をゲーム用に用意してくれた。その代償が通信速度のラグであったが、さすがにそこまでは求められなかった。現在積極的にイベント参加できないのも回線状況の影響が大きい。

大統領職を退いた暁には通信セキュリティなど皆無の家で心ゆくまで大規模戦闘をすると決意を新たにしながら、アレックスは平和な街を練り歩いた。ふと気付くと、街の中に見慣れぬＮＰＣ《ノンプレイヤーキャラ》の姿がある。新しいイベントの一部らしかった。そのキャラに話しかける。

『《破滅教》が信徒を増やしている』

NPCがゲーム世界の状況を語った。イベントでは運営側が用意した物語がゲームの中で展開していくことになる。

《破滅教（Catastrophe Cult：C.C.）》はゲームの初期から存在する宗教団体の一つである。主な構成員は魔術師達で、魔法を軸とした秘密結社だ。しかしその思想は過激かつ攻撃的であり、イベントではしばしば敵サイドの関係者として登場する。今回のイベントはその破滅教が主体の物語らしかった。

破滅教はこれまでも様々なエピソードが挿入されたので、アレックスはそれについての知識を持ち合わせている。度々語られる破滅教の目的は、禁断の魔術を用いた恐るべき大悪魔の復活と、世界の破滅である。文献によれば大悪魔はあらゆる生命を根絶やしにするとされている。破滅教がイベントの中心となるならば、プレイヤー達でそれを阻止するようなストーリーになるのかもしれない。

イベントに関わるNPCは他の街にも居るはずだ。もう少し話を集めてみようか。そう思って移動しようとした矢先、アレックスはふと考えた。

なぜ《破滅教》は、世界を滅ぼそうとしているのだろうか。

自分の疑問に自分で答えを出していく。それは彼らが終末思想を持つ悪の組織だからだ。破滅教に限らず、そういった存在は多くのゲームに登場する。世界を滅ぼそうとする者達、邪悪な存在。テンプレートで描いたような悪者だ。

では、その理由は？

悪者は、どんな理由で世界を滅ぼそうとしているのか。

アレックスの脳裏に大昔の記憶が引っ張り出されてくる。今から三十年近く前、まだオンラインゲームなど存在しなかった頃、ＮＥＳ（ファミリーコンピュータの北米版）でプレイしたＲＰＧのボスキャラが世界を滅ぼそうとしていた。あのボスはなんと言っていただろうか。彼はなぜ世界を滅ぼそうとしていたのだったか。

気付けばいつの間にか二時に近づいていた。アレックスは次の街に行くのを諦めてログアウトした。明日誰かに、彼のことを覚えていないか聞いてみようと思った。

9

首席補佐官執務室では、エドムンドがＰＣに向かっていた。ネットサーフィンでもしているような長閑さを漂わせているが、一応仕事をしている。

大統領首席補佐官の職務の一つに《仕分け》がある。彼の元には大量の情報が日々届く。ホワイトハウスのスタッフから、また各省庁から、大統領に宛《あ》てた様々な内容の連絡が怒濤《どとう》の勢いで押し寄せる。それらを適切に仕分けして、真に大統領判断が必要なものだけに絞るのはエドムンドの重要な役割である。頭の回転の速さを求められる仕事だが、それ以上に物をいうのが経験であった。その点においては、酸いも甘いも嚙《か》み分けてきたエドムンドほど向いている人間はいなかった。

カチカチとマウスがクリックされるたびにメールが仕分けられていく。大半は大統領でなくとも別の人間のジャッジで事足りる内容であるが、中には重要なもの、重要かどうかの判断が難しいものが紛《まぎ》れ込んでいる。エドムンドの指が止まった。判断に迷う類いのメールだった。

それはトマス・ブラッドハムFBI長官からの、直接の連絡であった。

エドムンドは頰杖をついて文面に目を通した。僅かに考えてから固定電話のボタンを押す。

「ブラッドハムに繋いでおくれ」

オペレーターが連絡を取り次ぎ、すぐに電話が繋がる。

「エドムンド」

ブラッドハム長官の固い声が届いた。エドムンドは電話の向こうの強面《こわもて》を想像する。細身で彫りの深い顔は金属製らしく、笑った所を一度も見たことがない。仕事ぶりもまた顔付きそのままで、ロボットなどと揶揄されることもある。

「メールを見たが」エドムンドが文面を眺めながら聞く。「これは、報告が必要か?」

「日本のNPA《警察庁》との連携捜査の中で浮かんできた。政府筋からも複数の情報を確認している。無視はできないので報告した」

ブラッドハムが淡々と告げる。口調に余計な感情は乗っていない。送ってきたメールと同様に、ただ事実だけを報告している。

エドムンドは考える。正直に言えば面倒なことになりそうな話なので大統領までは上げたくなかった。だがブラッドハムはそのあだ名の通り、嘘も冗談もまず言わない人間だ。そんな男が二度目の報告をよこしている。

「わかった」

エドムンドは通話を終え、そのまますぐテイラーに連絡を取った。

10

「特殊分析課」

オーバルオフィスで、アレックスはエドムンドの報告を聞き返した。部署は知っているし、役割も知っている。しかしこれまで政策の俎上に上がってきたことのない名前だった。

「ブラッドハム長官直々に」エドムンドが続ける。「日本の警察庁に加えて、政府関係者の裏も取れていると」

「裏が取れてるの？」アレックスは目を丸くした。「本当に？」

エドムンドは肩をすくめて見せ、

「少なくとも今のところ、情報に齟齬《そご》はないようですな」

アレックスはエドムンドの後ろに控《ひか》えるテイラーに目をやった。テイラーも一つ頷いてみせる。アレックスはまた少し混乱した。だがこの二人が揃って持ってきた話ならば、少なくとも考慮が必要であろうという信頼があった。

「こちらが報告のまとめと情報提供者のリストです」

渡された書類をぱらぱらとめくる。アレックスはリストの中で、ある顔写真に目を留めた。一人だけ赤枠で囲われている。ＦＢＩ捜査官と書かれている。

「この赤枠の人は」

「さて？」

エドムンドが首を傾《かし》げる。

「詳しくは長官から」

「うん」

テイラーとエドムンドが戻り一人になったオフィスで、アレックスは報告書に目を通していた。彼は事物を見る時、色眼鏡《いろめがね》にならぬよう人一倍気をつけているつもりではあったが、流石にその報告書を読み進めるにつけ、少なからず懐疑的にならざるを得なかった。

ＦＢＩの《特殊分析課》は、局の中では小さな部署になる。扱う対象は限定的で、科学技術部や情報技術部の範疇《はんちゅう》から外れるもの、論理分析の対象とするには報告数の少ないもの、現象の確度が不足しているものなどが挙げられる。

たとえば預言者の言葉。たとえば超能力。たとえば超常現象。

言ってしまえば、それらは《オカルト》と括《くく》られる類いのものであった。世界に名だたる合理主義国家である合衆国において、そういった根拠の薄い事象が大々的に検討されることはまず無い。だが合理を自称するからこそ、ほんのわずかでも現象として確認されてしまえば、そんなことは有り得ないと無視する方が合理に反する。そういった思想に裏打ちされて《特殊分析課》は設置されている。

とはいえ、やはり稀《まれ》は稀であるから、犯罪捜査や政治の俎上に絡んできたためしはなかった。少なくともアレックスが政治家をやってきた間は。

ノックの後にドアが開いた。ロボット、トマス・ブラッドハムＦＢＩ長官がオーバルオフィスに入室する。アレックスはデスクからソファに移動し、ロボットと向き合った。

「早速だけど、報告書の内容について聞きたいんだ。目は通したけれど、君の口からも」

ブラッドハムは頷いた。それが必要だと思って来ている。

「外交ルートを通じた情報、またＦＢＩと日本の警察庁の刑事共助によって直接取得した情報がありますが、どちらも確度はある程度高いものと思われ、報告しました」

　ブラッドハムが機械音声のような正確さで説明を始める。

「ある特殊な人物が存在する、という情報です」

「その人物が、今起きている自殺法の問題に関係している」

「そうです。日本の《新域》に端を発した自殺法と、それに伴う大量の自殺者発生。またそれ以前の新域域長選挙。さらには、新域自体の成立にも。一連の過程において、その人物が深く関係していた可能性があります。もしかすれば、世界各都市の自殺法導入に関しても」

「そうだね。この報告書が事実なら、可能性は十分有り得るけれど……ところで長官」

　アレックスは報告書を指差して聞く。そこには八枚の写真が載っている。

「どの人？」

「同一人物です」

「ん？」

　アレックスが写真を見返す。そうは見えない。すべて別人のようだった。もう一度同一人物だと意識しながら確認しても、やはり別人だった。どうやらまだ説明を受けなければならないようだった。

「じゃあもう少し詳しく」

「大統領」ブラッドハムが聞く。「捜査官をここに呼んでも構いませんか。私が伝聞で報告するよりも、本人の言が最も適切に伝わります」

「ああ、構わないよ。来てる？」

ブラッドハムは頷き、オフィスの外のＳ　Ｓ《シークレットサービス》に呼び出しを伝えた。

「特殊分析課の捜査官？」

「いいえ。正式な配属は決まっていません。二週間前に入局したばかりです」

「新人なのかい」

「そもそもまだ正式な捜査官でもありません」

「うん？」

「特例として、特別捜査官に」

一分後、オーバルオフィスに情報提供者が現れた。アレックスは最初、ＳＳが入ってきたのかと思った。ダークスーツと暗色のネクタイがそう見せたのは間違いないが、それよりも顔つきが一番ＳＳらしかった。その男はＦＢＩの捜査官というよりも、どちらかといえば軍隊上がりの、まるで兵士のような目つきをしていた。

「失礼します」

イギリス人のような固い英語であったが下手ではない。服装と容姿も相まって、鉄の棒のような男だなとアレックスは思った。

「ようこそ、ホワイトハウスへ。少し話を聞いてもいいかな」

「はい。大統領《Yes, sir》」

ＦＢＩ特別捜査官、正崎善《せいざきぜん》は答えた。

Ⅲ・

1

五週間前。

日本の《新域》において、自殺法の可否を問う議会選挙が行われた。結果は総議席数百に対し、肯定四十八・否定四十八・中立四。自殺法に関して、新域議会は完全なイーブンとなった。

この結果は数字を見る限りでは引き分けであったが、現実には自殺法肯定派への強烈な追い風となった。開票前の、圧倒的大差で敗北するという予測を覆しての半数議席獲得は、市民には実質的な勝利として受け止められた。それは空気としてだけではなく、事実も勝利と同義であった。

新域という新たな自治区では、首長の権限が他の地方自治体よりさらに大きい。首長はほぼ一人で新法を制定することができ、議会はそれを後追いでチェックするに過ぎない。過半数が反対すれば首長の決定は覆るが、逆に言えば過半数が取れない限り、首長の運営を止めることはできない。

つまり現在の新域議会は、半数の肯定派を持つ首長がイニシアチブを明白に有しているのであった。

議会選挙後、新域域長・齋開化は公に姿を現し、正式な形で新域庁舎入りを果たした。マスコミ各社はこれを大々的かつ肯定的に報じた。先のテレビ討論会の後、市民の感情面に訴えかけた齋開化の支持率が大きく伸びており、この時期にネガティブな報道は受けないという判断であった。その報道姿勢は社会の空気をさらに醸成し、世論の肯定化を間接的に促すこととなった。

そうして齋開化が力を伸ばしている頃。裏では自明党を始めとする主要政党の新域構想関係者がそれに対抗すべく動こうとしていたが、これが上手くいかなかった。

元々新域と関わりのなかった政治家は、素直に自殺法反対の立場を表明していた。しかし新域構想の関係者はほぼ全員が新域成立時の不正行為に関わっており、脛《すね》に傷をもつ状態であった。加えてその証拠を齋に握られている。元関係者は証拠の露見を恐れて、明確な反齋の立場を示せなかった。結果、齋を潰したいはずの政治家が自殺法中立派に回るという歪《いびつ》な状況ができあがった。

そんな中で自明党元幹事長・野丸龍一郎《のまるりゅういちろう》は齋潰しに奔走したが、齋とは逆にテレビ討論以降大きく支持を失った男は域議選挙にも落選してしまっていた。肩書無しとなった野丸に打てる手は少なく、齋の伸展を歯噛《はが》みして見過ごすこととなった。

四週間前。

政府与野党が判断の遅れで停滞する中、新域はマスコミと世論を味方に付けて、自殺法の本格的な運用に乗り出した。

まず安楽死専用薬『ニュクス』が公開された。公表されたのは医薬品の構成物質、製法、用途、製剤の情報、つまるところ〝医薬品特許〟に当たるほぼすべての情報だった。新域は通常ならば特許を取得して保護される情報を非特許かつオープンにした。これにより製薬会社は、すぐにでも安楽死薬のジェネリック品が製造できる状態となった。

ニュクス自体、元々製造の難しい医薬品ではない。スイスなどの安楽死認可国ではペントバルビタールなどの麻酔薬が用いられているが、安楽死専用に制吐《せいと》等の効能を付与・調整したものがニュクスであり、作りは既存薬品の延長線上のものである。情報さえあれば製造はどの会社でも可能という代物だった。

製造が容易となれば限定要因は倫理面となる。だがそれも評判と収益の合意点が見えれば問題ではなくなる。肯定世論を見込んで最初に海外の製薬会社が手を挙げた。もちろん製造権は独占されるものではなく、新域では現在も協力会社を募《つの》っている。ただ少なくとも一社が現れた段階で、新域は自殺薬の供給ルート確保に成功していた。

また同時に『新域自殺総合支援機構』が設置され、その窓口が多摩《たま》センターに開設された。

　自殺支援機構は自殺を検討する市民に向けて自殺に関する総合的な相談を受け付け、〝正しい自殺〟を推進するという目的で設置された。機構の目的は自殺自体の推進ではなく、その自殺が適切であるかどうかを専門家を交えて検討し、最終的には市民に〝正しい情報〟を提示することにある。医師、弁護士、財務の専門家など各分野の人間が自殺の妥当性を総合的に検討し、相談者が自殺を決断した後は相続や家族へのケアを含めた所謂《いわゆる》《終活》の準備を支援する。まさしく自殺に関する総合的な支援機構であった。

　自殺総合支援機構は設置直後から大盛況となった。庁舎への問い合わせの電話は絶え間なく鳴り響き、窓口には長蛇の列が形成された。

　しかし機構を利用した人間のほぼ全員、九十九パーセント以上の人間は、結局自殺には至らなかった。専門家の判断はどこまでも理知的で、日本における社会保障制度が適切に運用されるならば多くの人間は自殺まで至ることはなく、生きながら苦悩を解決する道が用意されている。自殺総合支援機構はその目的の通り、自殺の正しい判断を下す支援に成功していた。結果、新域内での自殺者数は一時期に比べて大きく減少した。それでも日本全体の自殺者数よりは多かったが、明瞭に数字に現れたのは「飛び込み」「飛び降り」などの衝動的な自殺が著しく減少したことだった。正しく自殺できる新域では電車に飛び込む必要がない。齋が討論会で予言した通り、新域では他の地域よりもよほど〝自殺の統制〟が取れている事実がデータとして浮かび上がり、またも肯定派の勢いは増した。傾きつつある国内世論を背景にして、新域の自殺法運用環境は急速に整いつつあった。

そんな状況の中で、一人の男が追い詰められていた。

東京地検特捜部検事・正崎善は無力だった。

七月十四日の公開討論の後、正崎率いる特別捜査班は齋開化の身柄の拘束に踏み切った。周到に準備した作戦に穴はなかったはずだった。

だが結果は無惨なものだった。齋開化を取り逃がし、二十五人の捜査員全員が死亡した。二十四人が自殺し、一人が惨殺された。正崎は自分の部下が次第に殺されていく様を、その死が終わるまで、まざまざと見せつけられることとなった。

特別捜査班の壊滅は、そのまま捜査の停滞となった。もし二十五人殺害の殺人鬼が相手ならば、より大規模な捜査が始まっていたかもしれない。だが現実に明確な殺人と断定されているのは一件のみで、残りは自殺として処理されている。もちろん捜査員の集団自殺に疑問を持つ者はいたが、疑念だけでは組織を動かすことはできない。あまりにも異質な集団自殺は関係者に混乱をもたらし、混迷は動きを制限する。

社会全体の空気が《新域》と《自殺》の流行に埋没していく中で、検察事務官殺害犯の捜査は管轄である警視庁に引き取られ、そのまま停滞した。

一検察官に過ぎない正崎にできることは、もはや何も無くなっていた。守永《もりなが》特捜部長の力を借りたくとも、すでに一度手を借りて作られた捜査班が全滅してしまっている。いくら特捜部長といえどすぐさま新班を用意できるような力は無い。

特別捜査班でただ一人生き残ってしまった正崎が犯人を追うためにできるのは、せいぜい警察の捜査に情報を提供することだけだった。

東京地検特捜部検事・正崎善は無力だった。

三週間前。

その日、正崎善の下に連絡が届いた。情報提供の依頼だった。ただしその相手は警察ではなく法務省であった。さらに言えば、相手は法務省を通じて依頼をしてきた《日米刑事共助条約》に基づく捜査共助関係にある組織、つまり米国の捜査機関であった。

連邦捜査局《FBI》。

その頃、日本における新域と自殺法は海外でも大きな話題となっており、それに比例して各国の自殺者数が増加しつつあった。七月一日の自殺法宣言以降、アメリカ合衆国内の自殺者数は前年比百八十パーセントにのぼり、域議選挙で自殺法肯定派が議会の半数となったと報道されるや、その数はさらに増加した。

それらは自殺とはいえ事件性を確認するための捜査は必要であり、各自治体警察は対応に追われた。また影響は全州に及んでおり、連邦捜査局も政治問題であると傍観しているわけにはいかない状況であった。多くの自殺者を継続的に発生させている〝自殺法問題〟について、ＦＢＩは非公式に捜査を開始していた。

日本と合衆国の間においては『刑事に関する共助に関する日本国とアメリカ合衆国との間の条約（日米刑事共助条約）』が締結されており、大使館の外交ルートを用いずとも当局が直接共助を要請できる。ＦＢＩは当初、新域と自殺法に関する情報提供を警察庁に依頼していたが、その中で特別捜査班の集団自殺事件に行き当たり、再度法務省を通じて正崎に連絡を取ってきた。

それは正崎善にとって蜘蛛《くも》の糸となった。

「この事件には、貴方がたの想像を超えたものが絡んでいる」

ＦＢＩの捜査官と直接面会した正崎善は説明した。

「私はそれについて誰よりも多くの情報を持っている。そのすべてを提供することを約束する。だが」

特捜部検事・正崎善は、司法取引の制度を持つ国の捜査機関に向けて言った。

「一つだけ条件がある」

彼の要求は明瞭だった。

「私を、ＦＢＩの捜査官にしていただきたい」

2

オーバルオフィスのソファで、アレックスは口の前で両手を組んだ。考え事が難航している時の癖で、目の前の二人から聞いた話はまさにその癖に相応《ふさわ》しい、全く判断が難しい内容であった。

「催眠術」緩いイメージで単語を口にする。「のようなものなのかな……」

「認識の方向としてはそれで問題ないと思われます」

答えたのはブラッドハムだった。

「催眠療法士《ヒプノセラピスト》が用いるような催眠法の一種なのかもしれません。ただし、桁違《けたちが》いの効力を持つ」

催眠療法は米国では五十年以上の歴史があり、広く認められた医療行為の一つである。その効果についてはアレックスも一般的な知識として知るところではあった。

しかし人を自殺に追い込むまで操るというような恐ろしい話はほとんど聞いたことがない。たとえばカルト教団の信徒のような、長い時間をかけて刷り込まれた特殊な精神状態ならば有り得るのかもしれないが。

「けど……一言でもう駄目、なんだよね？」

アレックスはブラッドハムの隣に座る男を見た。ＦＢＩ特別捜査官・正崎善は無表情のまま頷いた。

彼の説明によると、時間をかけなくとも、それこそ通りすがりにすれ違う程度の相手にでさえも、耳元でほんの一言囁《ささや》くだけでそうなってしまうのだという。

それが真実なら会話すらできない。近づくだけで危険ということになる。しかし当然のことながら、にわかには信じられない話でもあった。

アレックスは信じられない話を真面目に説明した男の顔をもう一度見る。正崎は無表情で座っている。必要なことを説明する以外、一切口を開いていない。

「ただしこれは、客観的事実として証明されたものではありません」

ブラッドハムが話を続けた。アレックスは向き直って聞く。

「まだ現象論の域を出ず、実態が把握できていない。対処を検討するにも限界があります。ですが、証言と事例は無視できない量が揃っているのも事実です。ＦＢＩとしては捜査を今後も継続する予定です」

「うん、それは頼む。必要なら拡大しても構わないよ」アレックスは報告書に目を落とした。「オカルトの一言で片付けるには、ちょっと危険な印象があるしね」

ブラッドハム長官は頷いて、正崎に二、三の指示を与えた。正崎は立ち上がるとアレックスに折り目正しく頭を下げ、そのままオフィスを出ていった。

「資料を見たけれど、彼は米国籍じゃないよね」アレックスは素直な疑問を口にする。

「特例だとしても、特別捜査官の身分を与えるにはちょっとハードルが高い？」

「大統領の権限ならば問題なく与えられます」ブラッドハムが平然と答えた。「今はまだ特例の扱いで、正規の捜査官としての権限がありません。正規採用には規定の勤務時間をこなす必要がありますが、貴方からの指示があればそれも不要になる」

アレックスは少し驚く。ロボットのあだ名の通り基本的には規則にも厳格な男が、例外的な対応を積極的に勧めてきている。

「どうしてそこまで彼を？」

ブラッドハムは少し考えてから答える。

「正崎善を特別捜査官にする理由は、三つあります」

「うん」

「一つ目は、単純に能力が高いことです。日本の検察の特別捜査部にいただけのことはあり、連邦捜査局でもその力は十二分に活用されるだろうと踏みました。二つ目、今追っている事件の重要な証人であり、最も犯人に近づいた人間であること。捜査対象は未だ謎が多く、その実態を知る人間が必要です。あの男が持っている情報と経験を手に入れて活用するには、本人を捜査官にするのが最も効率的だったのです。またそれが本人の希望でもあった」

少しの間が空いた。ブラッドハムが話を止めていた。

「三つ目は?」

ロボット・ブラッドハムは、静かに答える。

「あの男は危うい」

「というと」

「来米した本人と直接会った時、すぐにわかりました。私は捜査官時代にああいう目をした男を何人も見てきた。そういう捜査官が稀にいた。そして、そういう犯人もいた。彼はFBI捜査官にしてほしいと言いましたが、それを断れば彼と我々の接点は無くなる。そうなった後に、あの男がどうなるかわからない。なにをしでかすかわからない。だから、しでかす前に手元に置くのが双方にとって最善だと判断したのです」

ブラッドハムの話は、アレックスにもすんなりと理解できた。直接会った男の目には、アレックスがよく知る危険性が宿っていた。

それは〝正しい戦争を行う国〟アメリカが常に持っている、善悪の紙一重の境界上で揺れ動くバランス・トイ《やじろべえ》の危うさである。

ブラッドハム長官は彼のバランスを正しく取ろうとしているようだ。やじろべえが落下しないように、取り返しのつかぬことにならぬように。そのために彼を特例の捜査官にしたし、正式な特別捜査官にしたいと言っている。

ただアレックスにはまだその判断がつきかねた。初対面である彼を全面的に信用するには情報が足りなかった。ブラッドハム長官の言うことだからと承諾してしまうには迷いがあった。

「回答はもう少し待ってくれる？　検討はしておくので」

ブラッドハムが頷いた。無理筋であることは十分に理解しているようだった。彼はそれ以上押さず、必要な報告をすべて終えてオーバルオフィスを後にした。

一人になったオフィスで、アレックスがデスクに戻る。報告書をぱらぱらとめくり、今聞いた話を反芻する。手がふと止まった。女の写真が載っているページだった。八枚の写真の下には、キャプションが一つだけ付けられている。

《Ai Magase》

さっきの彼の話が本当ならば。

この女性は《新域》設立の裏で暗躍し、政財界の大物を操って選挙を操作し、また見ず知らずの六十四人を投身自殺に走らせ、そして二十四人の警察職員を拳銃《けんじゅう》自殺させて、一人の検察事務官を惨殺したことになる。

もちろんにわかには信じられない。だが事実だとすれば。

この女は一秒もバランスを保っていられないような、一瞬で地面を踏み外して落ちていく、不良品のバランス・トイなのだろう。

「人間の不良品、ね……」

そう呟いて、アレックスは自分が言おうとしたことをより短く、より的確に表す言葉を思い出した。

いい、いい、人間。

良くない人間。

彼は頭の中で、その単語を口にした。

(villain《悪人》)

3

職場から〇・五マイル、ペンシルベニア通りの年季が入ったカフェで、サム・エドワーズは軽めの昼食を取っていた。《Coffee & Tea》の看板が示すようにお茶の品揃えが豊富な店で、紅茶党のサムは好んで通っていた。

ランチメニューの燻製《くんせい》七面鳥のサンドウィッチを齧《かじ》る。D.C.の中心にありながら店内は比較的静かで落ち着いている。サムが午後の業務の進め方を薄《う》っすらと考えていると、テーブルに皿とコーヒーが置かれた。

「どうだい、調子は」

相席してきたのは同僚のフレッド・ブロックだった。主にドイツ語の通訳を担当しているフレッドは細身の白人男性で、外観の与える印象通りに仕事もスマートにこなす。厳《いか》つい風貌に剛健な仕事ぶりのサムとは対照的であった。

「悪くない」

サムが粛々《しゅくしゅく》と答える。機嫌が悪いわけでなく、平素から厳《おごそ》かに人と接する男だった。フレッドも当然それは知っている。

「今の課の中で〝悪くない〟と答えられるのは君くらいだよ」フレッドが苦笑いで言う。

「みんな目の回るような忙しさだ」

「仕方がない。この状況だ」

サムは変わらず淡々と答えた。

現在、二人の所属する国務省言語サービス課は過去に例を見ないほどの多忙に苛《さいな》まれていた。それもすべて国内一都市・海外三都市を数える自殺法導入宣言の影響であり、短期間の世界同時多発的な社会問題は、言語サービス課の翻訳通訳業務をいともたやすく麻痺させた。サムはその中で唯一、自身の業務を処理し切れている人間だった。

「君だって相当忙しいだろうに」

「できるところまではやる。できないところはやれない。それだけだ」

サムが当たり前のことを言うのでフレッドは笑った。この病的に生真面目な同僚を好ましく思っていた。

「まぁ、君より仕事が少ないはずの僕が泣き言を言ってちゃな……」

と言ったところでフレッドの電話が鳴った。メールの着信音だった。少し遅れてサムの方も鳴った。フレッドが自分の電話の画面を見る。顔からみるみる血の気が失《う》せていくのがわかった。

「どうした」

「ああ、酷い。本当に最悪だ。ドイツの同業者が速報で教えてくれたよ」

フレッドはこの世の終わりのような顔で、電話の画面をサムに見せた。

「ハイデルベルクだ……」

メールに載っていたのは〝五番目〟の名だった。

サムは遅れて自分の電話を確認する。同じようにメールが届いている。

「本当に、酷いな」

サムはやはりフレッドと同じように、自分の電話の画面を見せた。

「ボローニャ」

「なんだって？」

「イタリアもだ」

〝六番目〟の名を見せられたフレッドは、理解が追いつかぬまま首を振った。

4

テイラー・グリフィンが国務長官の役職に就いて三年になる。それはアレックスが大統領に就任してからの年数と同じであり、その間テイラーはアレックスという極めて独特な人間を補佐し続けてきた。

テイラーは政治家としてのアレックスに多くの不満を持っていた。優柔不断に過ぎる所、無駄とも思える要素に延々と囚《とら》われる所、思考の筋道が恐ろしく非効率的な所、それらは政治家としては間違いなく瑕疵《かし》であったし、合衆国大統領ともなればその影響は計り知れない。テイラーがこの三年の間に行ってきた尻拭《しりぬぐ》いは数え切れなかった。

だがそれでもテイラー・グリフィンは、アレキサンダー・W・ウッドという人間に敬意を持っていた。

「ヘリゲル首相とは十時間後に会談を。イタリアは現在対応を協議中、すぐには難しいとのこと」

テイラーが状況を報告する。アレックスは変わらぬ調子でうん、と頷いた。

オーバルオフィスには関係閣僚と高官が集まっていた。テイラー、エドムンドに加え、司法長官、保健福祉長官、国連大使の姿が見える。

「続々ですな」エドムンドが呆れ気味に言った。「これでG6だ。サミットでもここまで足並みが揃うことは滅多《めった》にない」

「速度は?」アレックスが聞く。「ええと、インターバル」

「ハートフォードの宣言から七日経っていますので、インターバルは延びています」保健福祉長官が答えた。「ただし二ヵ所同時です」

「加速と見るか、減速と見るか」アレックスはエドムンドに向く。「戦略外交研《シンクタンク》は?」

「分析は思いのほか悠長ですな」エドムンドが老眼鏡を上げ、手元の紙を確認する。「自殺法都市の増加は減速傾向にあると」

「根拠は?」とテイラー。

「追随した都市がすべて主要先進国であること。単純な人口比を考えれば中国やインドから続々現れることになるが、現実はそうなっていない。つまり自殺法を取り入れようという人間が現れるのは、ある一定以上の生活水準の国、経済先進国に限られると。真面目に自殺なんぞ考えるのは暇人だけということかな」

　高官連中が皮肉げに笑う。エドムンドが続ける。

「また計算によりますと、どういう計算か私はよく知りませんが、もう増加の勢いは衰えているとも。増加曲線には乗っていないとかなんとか。せいぜいあと二、三市で打ち止めだろうというのが分析結果ですな。ただし」エドムンドがアレックスを見た。「ここからもう何も起きなければ、との注釈付きですが」

言われてアレックスは、口の前に両手を組んだ。テイラーは悩むアレックスを窺いつつ、自分も思考を進める。

何も起きなければ、事態は収束する可能性があると分析されている。

しかし社会情勢は一筋縄で行くことの方が稀である。希望的観測は当てにならない。状況は常に悪くなると見積もるべきだとテイラーの政治経験は言っている。

では、〝起きる〟とすれば何か。

今日までで新域を除く五つの都市が自殺法導入を宣言した。ここまでの情報でその五都市の裏の連携は存在していないとテイラーは判断していた。米ハートフォード市長フローレスはそう明言したし、ハリファックス、グルノーブルについても政府筋から情報を得られている。断定こそできないが、連携を示唆するような動きもない。

つまり五都市はそれぞれが独自の判断で動いていることになるが、どの都市をとってみても、基本的には自殺法導入宣言以上のことはしていない。宣言は首長レベルの行動に止《とど》まっており、地方自治体の議会をきちんと承認させて、より具体的な行動に移れている都市はただ一つだけだった。

《新域》。

自殺法の始まりの都市であり、五都市の発生を促した笛吹き。議会の半数の承認を得て現実の政策を展開し続ける、自殺法の総本山。

現時点で何かが起きる、何かを起こすのは、やはり日本の《新域》が最も可能性が高い。新域が先に進めば他の都市も追随する。逆に新域以外の都市が動いても、他都市と足並みが揃うとは限らない。後追いの都市では求心力が足りない。すべての鍵《かぎ》は新域が握っている。

だがその新域の動き、新域の進む先が、テイラーには未だ読み切れていなかった。

新域域長・齋開化は、その目的をテレビ討論会で明らかにしているし、以降公の場でも数度語っている。

「自殺を自由に選択できる制度を作る」

「死によって解決できる問題を、解決できる社会を作る」

「新しい価値観の時代を切り開く」

それらは本人によって明言された目的であり、実際に新域はその通りの方向へと動いている。だがゴールをどこに設定しているのかはまだ語られていない。

たとえば新域だけに関して言えば、その目的はある程度の水準で達成されつつあるとも言える。議会のイニシアチブは自殺法を肯定しているし、社会制度も整いつつある。近い価値観の人間の転入が進んでいけば、自殺を認める地方都市は完成するだろう。

しかし日本、世界、社会全体がそうなったかといえばそうではない。自殺法を導入した都市は六つのみ。総人口は三百万人にも満たない。「自殺を認める価値観を人類全体に広める」ことが目的ならば、ここからさらに何十年という時間が必要になるだろうし、数百年かけたとしてもそんな時代は来ない可能性も高い。

だが齋開化には〝時間制限〟がある。

齋は心臓病の息子に臓器を提供する意思を示している。公表されている病名は拡張型心筋症。移植を行わなければ間違いなく〝余命〟が存在する。残り時間は病状の重篤度に大きく左右され、投薬で十年生存できることもあれば、移植しなければ三ヵ月もたない場合もある。

齋の息子の病気がどれほどの重さかの情報は得られていないが、少なくとも向こう十年二十年というスパンで行動することはできないはずだ。

齋開化はあとどれほどの期間で、どれほどのことを行おうとしているのか。それとも新域の中で自殺法が成立しさえすればよく、すでに目的は達成された後なのか。

情報の不足がテイラーの中に迷いを生んでいた。どういった判断を下すべきか、それとも今は判断すべきではないのか。

「テイラー」

はっとして顔を向ける。アレックスが呼んでいた。アレックスは、まるで親の顔色を窺う子供のような目で聞いてきた。

「対処を急ぐべきかな」

テイラーが眉をひそめる。その質問はテイラーに対するアレックスの〝気遣《きづか》い〟だった。つまり彼は気を遣ってそう聞いているだけであり、本当は対処をしたくないと言っているのだった。まだ悩みたい、もう少し考えたいと。

テイラーは大きく息を吐くと、諦めたように言った。

「まだ待てます。とりあえずは独との協調路線を確認してください」

アレックスの顔が分かりやすく明るくなった。ホームワークの提出期限が延びた子供のようだとテイラーは思った。

保留の方針を確認して閣議が終わった。エドムンドはソファから鷹揚に起き上がると、テイラーににたりと笑いかけた。

「いいね。合衆国の国務長官らしい」

「どういう意味だ」

「腹が据わってきたということさ」

テイラーは鼻で笑い返す。

別に王者の振る舞いをしようと思ったわけではない。本音を言えば判断を急いで、迅速に対処すべきだと思っている。だがそれよりもほんの僅かに、アレックスの〝能力〟への信頼が勝っただけだった。

アレックスの思考は遅い。

だが彼は《正しい方向を選び取るセンス》を持っている。

アレックスの頭脳の回転速度はお世辞にも速いとは言えない。単純な処理装置として見ればその性能は並かそれ以下だろう。だがもし単純に遅いだけならば合衆国大統領は到底務まらない。そんな彼が三年も大統領職を全《まっと》うできたのは、最終的にその遅れを取り戻せるだけの、別の力があったからに他ならない。

時間がかかりこそすれ、彼は最後に必ず望ましい《解》にたどり着く。正しい道を選び取る能力、アルゴリズムが卓越しているのだとテイラーは考える。一見無駄と思える回り道も、回りさえすればゴールに通じている。正しい道が存在しない時は必ず立ち止まり、間違った筋に入り込んだことは一度もない。それがアレックスに備わった稀有な資質だとテイラーは思っている。

彼のアルゴリズムがどのようにして培《つちか》われたものなのかはテイラーにもわからない。言葉にしてしまえば独自のセンスと言う他はないだろう。だが説明できないものだからこそ、身につけるのは難しい。

「会談はシチュエーションルームで。大統領《Mr. President》」

テイラーは自分にないものを持つ男に、敬意を込めて伝えた。

5

ホワイトハウス西棟の地下に、比較的小さな部屋がある。閣議用キャビネットルームの半分もない会議テーブルは十二、三人も座れば埋まってしまうし、密閉された地下室は窓もなく息が詰まりそうになる。しかしその部屋にはキャビネットルームにはないものがある。四基の壁面埋め込みモニタ、一基の大型モニタ、通信設備と高度なセキュリティ、そしてそれらを駆使する国家安全保障会議《NSC》の三十余名のスタッフである。ホワイトハウス危機管理室《シチュエーションルーム》はホワイトハウスの情報管理の中心的な役割を果たす部屋である。

平時は常駐する職員が二十四時間態勢で国内外の情報を収集し、大統領を始めとする国家安全保障の関係者へ迅速に情報を提供する。また災害等の有事の際には緊急対応室となり、関係者が勢揃《せいぞろ》いして事態対処の中心となる。最新の情報を集め、最新の指示を発する、ホワイトハウスの〝窓口〟がこの地下室であった。

室内には数人の高官の姿が先にあった。部屋の奥の扉からアレックスと閣僚が入ってくる。アレックスは会議テーブルの〝誕生日席〟に座った。背後の壁には合衆国の象徴である白頭鷲の紋章が見えている。テーブル上にはアレックスを正面から捉える小型カメラが設置され、映像会談の準備が整っていた。

外国の元首との通話にはいくつかの方法がある。仏大統領との電話はオーバルオフィスにおいて、音声通話のみで行った。それはルカ大統領との関係と状況を考慮してのエドムンドの判断だった。

今回シチュエーションルームで映像通話を選択したのも同じくエドムンドであった。ルカ大統領の時よりも緊急性が高い、ということではない。対談相手の性格を考え、少し仰々しい方が印象が良くなるだろうという狙いだった。

そして通話する本人であるアレックスはといえば、そういった〝営業戦略〟には全く無《む》頓着《とんちゃく》なので、基本的にはエドムンドにすべて任せてしまっていた。なんなら緊急対策時のジャケットを羽織《はお》らされるかとも思ったが、流石にそこまではやり過ぎらしく通常のスーツ姿でカメラに向かい、片耳にイヤホンを付けた。

「いいよ」

アレックスが準備完了を伝えると、シチュエーションルームの大型モニタに恰幅《かっぷく》の良い男が映し出された。少し後退した頭は染められておらず、グレーと白が混じっている。真一文字に結ばれた口に愛嬌《あいきょう》はなく、首相よりも警察署長の方が似合うなとアレックスは以前から思っていた。

「こんにちは、大統領」

ドイツ連邦共和国首相オットー・ヘリゲルは通訳を通して、言った。時制は合衆国に合っていた。

「こんばんは、首相」アレックスも先方に合わせて挨拶を返す。

「さて、自殺法の件だな」

アレックスはうん、と思う。通話が始まって五秒で本題に移行した。会話の枕《まくら》は「さて」のみだった。彼はこういう話し方をしてくれる。スモールトークが会話の九割を占めるルカとは真逆だ。

オットー・ヘリゲルは無駄を嫌う。効率を好む。正確なスケジュールを好み、例外を嫌う。ユーモアはなく、ロマンは解さず、国際社会の中で常に毅然《きぜん》と立っている。それがアレックスの持つ独首相の印象だった。そういった性状がオットー・ヘリゲル特有のものなのか、それともドイツの社会風土が育んだものなのかはわからなかったが、多分両方だろうと思っていた。そしてアレックスは、正確に積み上げた積み木のような為人《ひととなり》の彼を好ましくも思っていた。G7の首脳の中では一番話しやすい相手であった。

「自殺法を導入した都市はバーデン゠ヴュルテンベルク州のハイデルベルク。人口は十五万二千人。街の中心を成すのは五つの大学で、ハイデルベルク大学と大学病院の職員だけでも一万五千の雇用がある。五大学合わせて四万人の学生が暮らす学術都市だが、同時に観光都市としても有名で年間訪問者数は千二百万人に及ぶ」

オットーが連々と情報を並べた。アレックスの下には当然届いている情報であるし、相手もそれを想定しないわけではない。ただ百パーセント伝わっているとも言えない。ならば百パーセントにしておきたいという彼の性格が基本情報から話をさせている。

「学術都市という点では、先行の自殺法都市とも共通しているね」アレックスが確認に付き合いつつ答える。「観光都市ならば、スイスのような〝自殺観光〟が増えることも有り得るのかな」

「スイスは隣国であり、我が国からの〝自殺観光〟者は少なからず存在する」オットーが苦味を含んだ声で言う。「自殺幇助《ほうじょ》の議論は我が国でも続いており、この数年の間に自由化から禁止までを含む幅広い議案が提出された」

「その結果は?」

「中道だ。《業務》として他者の自殺を支援した者は、三年以下の自由刑または罰金刑に処する」

「業務。営利以外でも?」

「そうだ。営業ではなく業務」

ふむ、とアレックスが考える。法改正の意味を頭の中で嚙み砕く。

自殺は禁止しない。自殺幇助自体も明確には罰しない。ただしそれが組織的行為として、社会サービスとして提供されることは禁止する。個人的なスケールで止《や》むなく行われるケースに配慮しつつ、積極的に拡大していくのは防ぐ。全面禁止でも自由化でもない、言の通り中道の方針だ。

「しかしハイデルベルクがもし新域と同様の形態を取っていくなら、公的な保健サービス化はあり得るね。国家法とぶつかることになる」

「ハイデルベルクは郡独立市で、州の監督の下にある。監督機関は指示発令権と業務代行権を有する。国家法との対立が深くなれば、実力行使で抑えつけることができるし、州議会も承認するだろう」

だが、とオットーが続ける。

「連邦議会・ドイツ法の決定とはまた別に、私個人としては、ハイデルベルクの政策は検討に値すると思っている」

テイラーがカメラに映らない席で眉をひそめたのが見えた。エドムンドは表情を変えずに聞いている。

「ヘリゲル首相は自殺法に肯定的な立場をお取りになる?」

「そうではない。そう短絡的に肯定否定を決められる問題でもない。ただ私は、あの放送を見た。新域の域長が訴えた主張は一面の真理を含んでいる」

「どの部分ですか」

「道徳と法は変わり得る、という点だよ」

オットーが卓上で静かに手を組んだ。気負いや焦りはなく、落ち着いている。首相三期・十年目のベテランには、アレックスでは及びもつかない貫禄《かんろく》がある。

「これまで正しかったことが、これからも正しいとは限らない。当たり前だが、忘れがちなことでもある」

「自殺は本当は、いいことかもしれないと?」

「かもしれない」

オットーは言い切った。議会で口にすれば糾弾は免《まぬが》れないような台詞《せりふ》だった。「答えを出すには、一ヵ月半という時間では短過ぎるな」

「同感です、首相」

「アメリカもまだ保留か」

「申し訳ない」

「せめて君より先に、何らかの解答を提示したいものだ」

オットーはそこではじめて口角を上げた。アレックスの性格を揶揄しての冗談だったが、それが彼のユーモアの限界らしく、シチュエーションルームの閣僚は誰も笑わなかったし、本人の笑みも二秒ともたなかった。

「ゆっくり考えればいい、と言いたいところだが。少なくとも一週間後には何らかの意思表示が必要になるだろう」

オットーが触れたのはサミットのことだった。現在世界を席巻《せっけん》するこの話題について流石にサミットで触れないわけにはいかないし、終了後は対応についての声明を発表することになるだろう。今回アメリカは議長国でもあり、合衆国が先頭に立って意思表示をしなければならない。

「少なくともそれまでは、我が国《ドイツ》は自殺法の是非を早計に断ずる気はないことを伝えておこう」

「こちらも同じく、まぁそういった方向になるかと」

そこで僅かに会話が空いた。

何かを測るような間の後、口を開いたのはオットーだった。

「ドイツは〝上から近代化〟した国家だ」

アレックスが耳を傾ける。〝上から〟とは国王や君主、体制側の人間が主導したという意味で、市民主導の〝下から〟と対になる言葉だ。

「十九世紀に成立したドイツ帝国は、近代化政策によって急速に発展した。近隣他国に比べて遅れていた科学技術や軍事技術が、わずか三十年の間で世界最高を誇るまでに成長したのだ。だが体制側が強いことは、同時に民間の弱さも意味する。政府主導の発展を遂げる間、自由商業主義の気風は廃《すた》れた。国民の多くは国の方針に従い、定められた規則を守り、公序良俗に則して生きることを是《ぜ》とした。そういうエートスが練成されることとなった」
　折り目正しい性格、生真面目な気風。それはまさにオットー自身の話のようだった。
「それ自体に何ら問題はない。ドイツの進歩と発展はその国民性に培われたものだから
だ」
　アレックスは頷いてみせる。近代ドイツの発展はドイツ人でなければ成し得なかっただ
ろうことは、疑いようのない事実だ。
「だが今、我々は時代の変わり目に立っている。価値観の変化が、〝新しい規範〟を作ろ
うとしている。ならばドイツは選ばなければならない。これからの百年に向けて、自分達
が従うべき規範を自分達で選ぶ。官も民もなく、市民の一人一人がだ。それがより良い、
より先へ進む選択ならば」
　オットー・ヘリゲルは決してうぬぼれや驕《おご》りではない、ドイツ連邦共和国の首相に適切
な自負をもって言った。
「我々は自殺法を選び取ることを恐れないだろう」

6

　連邦捜査局のオフィスで、長官トマス・ブラッドハムは溜《た》まった案件を片付けていた。

連邦捜査局紋章《FBI Seal》のPCで、承認の必要なメールを手早く処理していく。次のメールを開くと、テキストの中にICPO《国際刑事警察機構》の文字が見えた。直近の懸念事項の一つ、《自殺法》と《新域》の件だった。

自殺法に関する捜査は、今や世界広域に及ぶ国際捜査の色を強めている。日本国内のことに関して調べるだけならば刑事共助法の範囲で十分だったが、自殺法都市が各国に現れたとなればどうしてもICPOの力を借りざるを得ない。必然、ブラッドハムが直接確認しなければならないものが増えてくる。仕事の量が増えることは大した苦ではない。ただ捜査が複雑化して難しくなるのは悩ましい点だった。

固定電話の短縮ボタンを押す。すぐにオペレーターと繋がった。

「正崎善特別捜査官を」

二分後、召喚された正崎善が長官室に現れた。直立して、デスクに座るブラッドハムに正対する。座る気はないようだった。

「自殺法都市の増加について意見が聞きたい」ブラッドハムは前置き無く質問した。「一連の動きに、〝マガセ〟が関わっていると思うか」

「はい」

正崎善が一言だけ答えた。続く言葉はない。

「ハートフォード市長、ベニチオ・フローレスだ」ブラッドハムが卓上の液晶モニタを回して画面を見せた。以前にアレックスと通話した際のフローレスの動画が流れている。

「見る限りにおいては、正常な思考を保っているように思える。それでも彼が、マガセによって操られている可能性があるというのか」

「そうです」

正崎善は冷淡な声で答えた。

「元々は選挙工作に使われていた人間です。正気が失われるようでは使えません」

「ハイデルベルク、ボローニャ」ブラッドハムがモニタを戻す。別のウィンドウで五都市がプロットされた地図が表示されている。「マガセが順に都市を回って首長を操っているのだとしたら、渡航記録から足取りを追えるか？」

「難しいでしょう」

「理由は」

「順に回ったとは限りません。事前に〝仕込んでいた〟ものが予定通りに行動しているだけかもしれない」

言われてブラッドハムが考える。確かにそういった〝仕込み〟が可能ならば、本人が順番に国を回る必要もない。何ヵ月前、何年前に事が済んでいればそれでよい。マガセの〝超能力〟の詳細がわからない以上、それができないとは言い切れない。

「政府筋の伝《つて》があったならば、偽名で出入国できたかもしれない」正崎は捜査の難しさを続けて並べる。「またカメラからは割り出せません。容姿は当てにならない」

ブラッドハムが眉をひそめる。経歴を偽ることができて、容姿を偽ることができるなら、渡航記録など何の手がかりにもならない。

「君が見てもわからないのか？」

正崎善は無言で頷いた。容疑者に最も近づいた人間でもわからないのでは、世界の誰にもわからないことになる。

ブラッドハムは視線を机に落とす。判断が必要だった。

自殺法関連の捜査は重要事項であり、連邦捜査局の中でも優先度が高い。世界六ヵ国にまたがる規模の事件で、自殺とはいえ数千人規模の犠牲が発生している。現状でも多くの人員を割いているし、まだここから捜査規模を拡大していくことになるだろう。

反面、《曲世愛《まがせあい》》に関する捜査は、適正に動けているとは言い難《にく》かった。そもそも特殊分析課の案件というだけで信憑《しんぴょう》性が低下する。

『異常な能力を持つ女が事件の背景にいる』

ブラッドハムは、ＦＢＩ捜査員と正崎善からもたらされたこの情報を疑っているわけではない。だが全面的に信じ、そこに捜査局の多勢を回すには様々なものが不足しているのも確かだった。『異常な能力』の詳細すらわかっていないのだから、検討には限界がある。

正崎善を特別採用とし、特殊分析課に引き続き情報を集めさせる。それが現状可能な対処の限界だった。

　ブラッドハムは顔を上げて正崎を見た。眉一つ動かさぬまま立っている。

「容姿もわからず、記録もなく世界を飛び回っているかもしれない女を、捕まえるあてがあるか？」

　率直に聞く。少なくともブラッドハムの中に案は無い。

　正崎善はやはり感情を見せることなく答える。

「齋開化です」

「新域域長？」

「やつは齋開化と組んでいます。元々は齋が連れてきた女で、首長選挙・議会選挙と一貫して行動を共にしていました。関係は深い。一時的に国外に出ていたとしても、必ず齋の下に戻り、また仕事をするはず」

「つまり新域を固めて身柄を押さえると」

「私が行きます」

　言葉ににわかに強いものが混じった。

「どうか日本に」

「君は特別捜査官であるが、それはあくまで特例としての身分だ」

　ブラッドハムは敢《あ》えて冷静に答える。

「正規の特別捜査官の身分は与えられていない。配置と捜査権には制限が付く。訪日捜査に関しては検討しよう。だが約束はできない。ありがとう、下がってくれ」

「わかりました《Yes, sir》」

正崎善は無表情のまま一礼し、退室した。

一人に戻った室内でブラッドハムは考える。正崎の案はそのままマガセの捜査に活かしていける。齋開化の周辺に現れる可能性は高いだろう。だがそこに正崎を組み込めるかといえば、危険と判断するしかない。

正崎善は平静を装っているが正常ではない。マガセが引き起こした惨劇、その狂気が彼の精神を蝕《むしば》んでいる。このまま日本に行かせれば、どんなきっかけで〝暴走〟するかわからない。

だが狂気というならば。世界の各都市で自殺が認められるようなこの状況そのものが、世界そのものが狂いかけているとも言えた。この先、正常な精神の人間だけではどうしようもない時が来るのかもしれない。

その時には、あの男が必要になるのだろう。

7

子供達が子犬のように駆け寄った。一人が手の平を掲げる。アレックスが合わせて手の平を向けると、力いっぱいに叩かれて良い音が響いた。彼はあと十数人から同じようにひっ叩かれねばならなかった。

その夜、アレックスは公務の一環で、聖公会聖ヨハネ教会《St. John's Episcopal Church》を訪れていた。この教会はホワイトハウスの北面から道路二本隔《へだ》てた場所にあり、第四代ジェームズ・マディスン以来歴代の大統領が必ず訪れた実績から「大統領の教会」の異名を取っている。

教会はパブリッシュコミュニティの一部として、地域と教徒に向けた様々な活動を行っている。今夜アレックスが参加していたのはその一つで『両親のおでかけ』と名付けられている催しだった。週末の夕方に教会の託児ボランティアが子供を預かり、両親は教会の徒歩圏内で食事や映画を楽しむ。忙しい夫婦に一時の休暇を提供する人気のイベントだったが、アレックスが参加するのは預かる側のボランティアであるため、大統領の休息にはならなかった。実際は取材のプレスも同行してきているので、ボランティアとして務まっているとも言い難かった。

一通りの子供から叩かれた後、絵本の読み聞かせに参加する。預けられるのは十歳までなので、息子のオリバーよりは皆幼い。子供が可愛かった時代の喜びと、二度としたくない苦労の記憶が同時に蘇《よみがえ》ってアレックスは複雑な気持ちだった。三歳ほどの女の子を膝《ひざ》に乗せ、絵本の朗読を一緒に聞いた。『おやすみなさい　おつきさま《GOODNIGHT MOON》』。アレックスも小さい頃に読んでもらった、合衆国の誰もが知っているベストセラーだった。ベッドに入ったこうさぎが、眠る前に部屋中のものに挨拶をする。

「おやすみ　おへや」

朗読スタッフが読み上げた。

「おやすみ　とけいさん」

「おやすみ　にんぎょうのいえ」

「おやすみ　だれかさん」

覚えていた印象との違いにアレックスは少し驚いた。こんなに寂《さび》しげな本だったかなと思った。

「おやすみ　そこここできこえるおとたちも」

暗くなった部屋を描いて絵本はおしまいになった。こうさぎは静かに眠りにつく。アレックスは自身の感じ方の方が間違っているのだと思っていた。絵本はそこで終わってしまうが、こうさぎには明日がある。朝になれば目を覚まし、生の続きを送る。別れではない。終わりでもない。

膝の上の女の子は、いつの間にか寝息を立てていた。

飛び飛びの照明が聖堂の中をゆるく照らしている。祭壇の上のステンドグラスが暗い。外は夜の闇に覆《おお》われている時間だ。

無人の聖堂の中に、ボランティアの公務を終えたアレックスの姿があった。

「ご近所だというのに、ご無沙汰《ぶさた》ですね」

声の方に振り向くと、警護のSSに連れられて白髪の紳士が歩いてくる。ヘイデン牧師は整った口ひげで柔和そうに微笑んでいる。

「面目ないです」

アレックスは頭を掻《か》いた。牧師とは何度も会っているが、そのほとんどが公務によるものだ。大統領としてではなく個人としての面識はほとんどない。アレックスがろくに礼拝に来ていないからだった。

アレックスはSSに指示を出した。SSは入り口におります、と言って下がる。聖堂に牧師とアレックスの二人きりとなった。どちらからともなく礼拝席に腰を下ろし、二人は同じ方向を向いて座った。礼拝堂を訪れる人間は、誰もが同じものと向き合う。

「今日は別件を欠席して参りました」アレックスが先に口を開いた。

「お忙しい中、時間を割いていただいてありがたい」ヘイデンが嫌味のない声で答える。

「子供達も大変喜んでいましたよ」

「重ねて面目ないんですが、こちらのイベントを重要視したというわけでもないのです」

「と言うと?」

「もう一つの行事に参加しづらかった。参加できなかった」アレックスはまた頭を掻いて言った。「葬儀だったのです。デンバーで、先日集団自殺をした学生の」

牧師が無言でアレックスを見た。アレックスは暗いステンドグラスを見上げながら続ける。

「出席すれば追悼演説を行わなければならなかったでしょう。自殺者の冥福《めいふく》を祈るだけでなく、自殺に向かう者を制止する言葉を並べ、理不尽な死との戦いを宣言しなければならない。千人を超える聴衆とメディアの前でです。けれど、僕にはまだその準備ができていなかった」

「自殺と戦う準備が、ですか」

「そもそも戦うべきなのかどうかも」

アレックスが顔を向ける。

「フランスが完全否定、ドイツは検討中、日本は日和見です。僕はドイツと同じく検討中なんですが、決断を迫られてはいます」

「時間がかかるのは仕方ありません。難問だ」

「聖書について自分なりに調べました」アレックスが話を転換する。「〝自殺が罪〟という記述はなかったように思います。神が自殺を罰しようという意思も、僕には見つけられませんでした」

「よくお調べです。神から与えられた十戒にあるのは〝殺すなかれ〟の一文のみ。自殺の否定は、あくまでこの文言の拡大解釈に過ぎません」

アレックスは頷いた。それは自分で調べ、息子のオリバーにも語って聞かせたことだった。

「では自殺は認められる？」

「それもお調べの通りでしょう、大統領」ヘイデンは淡々と言った。「明言はどこにもない。解釈次第です」

「僕はまだ解釈できていない。理解し切れていないのです。そして理解したいと願っています。理解の上で、正しく判断したいと」

「貴方は今日、《神の理解》のために、私に話を聞きにいらしたわけですな」

「そう、そうです」アレックスは我が意を得たりと頷いた。「僕自身は敬虔《けいけん》とは言えないかもしれませんが、信仰を持つ両親の下で教えを受けて育った、人並みのプロテスタントであると思っています。何かを決断する時、良心に問う時、心の片隅《かたすみ》には必ず神がいます。けれどその神が何なのか、僕は説明し切れない」

「それについて考えることは罪ではありません」

そうですね……とヘイデンが呟き、にわかに考えてから続ける。

「思慮の緒《いとぐち》は、イエスに求めるのが良いでしょう」

「キリスト、ですか」

「イエスは完全な神であると同時に、完全な人間であります。彼は私達と神を繋ぐものです」

「彼は……」

アレックスは聖書の物語を思い出していく。世界の誰もが知るような有名なエピソードが順を追って脳裏をよぎる。

「イエスは磔刑《たっけい》となることを知りながら、自らそれに進んだ。それは救世主として人間の原罪を引き受け、自らの死によってそれを償うためだった。彼は人間を救うために、自ら死を選んだんだ」アレックスは目を見開いてヘイデン牧師を見た。「彼は、自殺者なのですか?」

「そういった表現も可能でしょう」ヘイデンは静かに続ける。「しかし彼は、自身の復活も知っていた」

「そうだ。そうなると話はまた変わってくる……」

アレックスがブツブツと唱え始めた。ヘイデンは〝餌《えさ》〟を与えるように言葉を続けた。

「彼は〝初穂〟です。彼が最初の一人として復活することによって、すべての人が永遠のいのちを得ると証明された。人間は知恵の実を食べたアダムの罪で死を与えられましたが、イエスによって再び永遠のいのちを得たのです」

「しかしそれは方便では？」アレックスは何の悪気もなく言った。「実際人は生き返りませんし、だから自殺についても悩んでいるわけで」

ヘイデンが理解ある親のように頷いてみせる。どう聞いても敬虔な信徒の物言いではないが、そういった人間にも信仰について説くのが仕事である。

「大統領もご存知でしょうが、すべての人間の生は三つに分かれます。一つ目は肉をもって生まれ、肉を失うまでの期間。二つ目は肉を失い、復活を待つまで期間。三つ目はキリストの再臨と共に肉を持って復活し、そこから永遠に続く世界です」

「知っています。僕が悩んでいるのはその一つ目です」

「しかし私が考えていただきたいのは、三つ目なのです」

「最後の審判？」

アレックスは怪訝な顔をした。現在の世界情勢と関係すると思えないような、すべての人類が復活する終末の日について考えろとヘイデン牧師は言っている。

「最後の日、復活した人間は審判を受けることになります。楽園で神との永遠の生を与えられる者と、地獄に落とされ果てしない苦悩を受ける者に分けられる。その基準は？」

「信仰、ですか」アレックスは迷いつつ答えた。「神を信じ、キリストを信じて生きてきたかどうか……」

「ではそこから遡《さかのぼ》りましょう。審判で天国に行こうとするならば、第一・第二の期間の生き方も必然的に定まります」

「復活と審判を信じ、その日のために神を信じて生きる」

ヘイデン牧師が頷く。「神を信じることを実践するもっともシンプルな方法は、十戒を守って生きることです」

「ですが先ほども言ったように、十戒の守り方について悩んでいるのです」アレックスは眉をひそめて言う。「十戒の六〝殺すなかれ〟の解釈について」

「その〝殺すなかれ〟ですら、拡大解釈なのですよ大統領」

アレックスはきょとんとした。

「〝殺すなかれ〟が？」少し考えても牧師の言葉の意味がわからなかった。文言が簡潔過ぎて、どう解釈して変形されたものなのかが想像できない。「殺人はやってはいけない、悪いことでは？」

「十戒を思い出しましょう」

ヘイデンは変わらぬ静かな口調で、神から授かった戒律を語った。

一．主以外の神を信じるなかれ
二．偶像を作るなかれ

三．神の名をみだりに唱えるなかれ
四．安息日を守りたまえ
五．父母を敬《うやま》いたまえ
六．殺すなかれ
七．姦淫《かんいん》するなかれ
八．盗むなかれ
九．偽証するなかれ
十．隣人をむさぼるなかれ

アレックスもよく知るプロテスタントの十戒であった。カトリックでは四の安息日が抜けて、十の《むさぼるなかれ》が《隣人の妻》と《隣人の財産》の二律に分かれるが、基本的な内容は同じである。

「ですがこの戒律は、実はたった二つのルールを拡大解釈して、十に分けたに過ぎないのです」

「二つ」

「大統領もすでに知っていることです」

ヘイデン牧師が指を一本立てて言った。

「一から四の戒律は、《神を愛せよ》の拡大解釈です」

言われてアレックスは気付き、思い出した。

マタイの福音書の一節に、イエスが律法学者の質問に答えたシーンがある。質問は『どの戒《いまし》めが一番大切であるか』。イエスの答えは『主なるあなたの神を愛せよ。これがもっとも大切な、第一の戒めである』。

そして二番目は。

「隣人を愛せよ」

アレックスはヘイデンが言う前に口にした。ヘイデンが満足気に頷いてみせる。

「五から十は、《隣人を愛せよ》の拡大解釈なのです。神を愛し、隣人を愛する。私達に伝えられた戒律とは、実はこの二つだけなのですよ」

「なら、〝殺すなかれ〟は……」

牧師の話を噛み砕きながら、アレックスは考える。

戒律は《隣人を愛する》行為の一環として《殺すな》と言っている。殺人が隣人を害する行為であるのは理解できる。

ならば自死はどうだ。

文言は《隣人を愛せよ》だ。《人間を愛せよ》ではない。人類全員ではなく隣人、つまり他人を愛せと言っている。なら自分自身は除外される？　自死は隣人を害する行為にはならない? いいや、そんなことはない。自死もまた、近しい隣人を傷つけることはある。その観点では自死も認められない。神の教えに背く。

しかし、実は真逆の考え方もできるはずだ。

《殺すなかれ》すら拡大解釈ならば。《隣人を愛する》ことの方が上位にあるのだとしたら。極論、《隣人を愛するための殺人》は肯定されることになる。《隣人を愛するための自死》もだ。

脳裏に、渦中の首長の姿が思い出された。

新域域長・齋開化の選択は、まさしく《隣人を愛するための自死》ではないだろうか。

アレックスは頭の中で立ち止まった。新しく得た情報を消費し切った感覚があった。少しだけ進んだ。しかし出口はまだ見えない。

「私は、自殺が善いか悪いかを決める立場ではありません」

ヘイデン牧師が口を挟んだ。アレックスの表情から苦悩を読み取ったのかもしれなかった。

「その判断は元来、神が為さることです」

「けれど僕はその判断をしなきゃならないらしい。合衆国大統領の責務として。その、ヘイデン牧師」アレックスが自信なさげに聞く。「僕が勝手にそれを決めたら、神はお怒りになるだろうか?」

「わかりません。ですが大統領。一つだけ、真実をお伝えしておきましょう」

ヘイデン牧師は微笑んで言った。

「神は人を愛しておられます。その愛は無限です」

8

「では来週に。良い旅を」

テイラーは受話器を置き、息を一つ吐いた。電話の相手はカナダの外相だった。

サミット開催を数日後に控え、外相級閣僚同士の〝地ならし〟の作業が続いていた。例年ならばもっと早い段階でまとめきれる内容だが、今年はサミット自体の日程がずれ込んだ上に、自殺法問題のお陰《かげ》で社会情勢が目まぐるしく変化している。連携の交渉は開催直前まで引っ張られる気配が濃厚で、むしろ直前で終わるならまだましかもしれないとすら思えていた。

「テイラー」

ノック無しにオフィスのドアが開いた。部下のニックだった。

「会見の中継が始まります」

テイラーは頷いてテレビを付けた。

映像の中でカメラのフラッシュが明滅する。会見席に現れたのは広めのおでこと撫《な》で付けたブラウン髪の中年だった。記者に愛想を振りまき、手でカメラを制する。

「さて。まあ、あれだな。まずは落ち着いてもらいたい」

イタリア閣僚評議会議長、ルチアーノ・カンナヴァーロは悠長に言った。放送はイタリア政府による公式会見の中継であった。

ルチアーノ・カンナヴァーロ伊首相は市民人気の高い政治家であると同時に、世界有数の資産家である。

元々カンナヴァーロは放送事業において成功した企業家で、国内民放放送局の大手数社を傘下に収めていた。その時代に放送権利政策を巡って政界に働きかけたことがきっかけとなり転身。豊富な資金力、人脈、メディアの力を背景にのし上がり、ついには首相まで上り詰めた。

実業家出身らしく政治においては経済を重視している。首相となってからは雇用政策を打ち出し、失業率を大幅に改善した。在任中に景気が好転したこともあり、国民からの人気は非常に高い。

「ええ、皆さんご存知の通り、ボローニャで自殺法導入が宣言されたわけですけども」

画面の中のカンナヴァーロが砕けた口調で喋る。政治家にしては陽気なキャラクターがすでに世界中で周知されている。資産家にもかかわらず一般人に人気があるのも本人の親しみやすさに拠るところが大きかった。

「政府としての対応はまぁ順次検討しますが、ボローニャの市民及び国民の皆さんには、基本的には今まで通り暮らしていただきたいなと」

記者席がにわかにざわついたのが中継越しに伝わってくる。だがカンナヴァーロは特に動じる様子もない。

「いやね、冷静に考えてみなさいな」カンナヴァーロが手前の記者に話しかけるように言った。「別に今までだって自殺が禁止されてたわけじゃない。自殺というのは非常に個人的な決断であって、行政が許可したからやるとかそういうもんじゃないでしょう。『自殺法ができたから早速死のう』なんてのはとても冷静な判断とは言い難い。あのね、普通ですよ、普通の人間が普通に損得勘定したら、まず自殺は選ばないよ」

テイラーが耳を傾ける。損得勘定、はカンナヴァーロが好んで使う言葉の一つだ。

「私はそういう《普通の感覚》を市民の皆さんが持っていると信じているのでね。革命だなんだと騒ぎさえしなければ、今まで通りで何も問題はないと思ってるよ」

テイラーは一つ頷いた。イタリアの方針表明の内容は事前に確認ができていたので特に驚きはない。経済屋のカンナヴァーロらしいジャッジだと感じていた。

自殺の善《よ》し悪《あ》しを政府が示すのではなく市場原理に任せる。市場原理は必ず適正な状態を導き出すはずだ、という経済への絶対の信頼からくる方針だった。

またこの方針はフランスが示していた「問題を軽くする」ことにも繋がっている。今まで通りで問題ないという姿勢はまさに好例で、革命の熱狂に浮かされる人間にはちょうどいい冷や水になるだろう。

とはいえ、流石に完全放置とはいかないだろうこともテイラーは理解している。ボローニャは人口三十七万人の大都市で、都市圏人口を数えれば百万人を超える。自殺法都市では新域に次ぐ規模となる。空港を有し、鉄道・自動車道のハブでもあるボローニャの機能を保つには、自殺法の影響を最小限に抑える必要があるだろう。

そういう点においては、普段批判の的になっているカンナヴァーロのメディア力は非常に頼りになるなとテイラーは思った。社会の大半はボローニャの現実を直接目視するわけではない。報道されなければ多くの事実は無かったことにできる。

「全く、至極単純な計算だよ」

テレビのカンナヴァーロが軽く言った。楽しそうですらあった。

「もしボローニャの選手が何人か自殺したらどうなると思う？　今でも勝てないミランに絶対勝てなくなるし、無論降格は免れないだろう。ボローニャ市民ならそれくらいの想像はできると思っているよ」

テイラーが眉をひそめた。記者達の反応は見ずにテレビを消す。イタリアにおいてはカンナヴァーロの失言がすでにキャラクターの一部としてある程度許容されているようだが、今の発言は失言スレスレなのか、それとも正しく失言なのか、テイラーには判断がつきかねた。最大限好意的に解釈すれば、別の〝炎上〟で自殺法関連の報道をさらに減らす目論見《もくろみ》なのかもしれないが。少なくともイタリア外相への電話は少し時間をおいた方がよさそうだ。

テイラーは内線のボタンを押してニックを呼んだ。すぐに本人が顔を出す。

「酷い会見で」

「全くだ。大統領は？」

「特に連絡はありませんから、考え中《now thinking》と思いますが。そろそろ時間切れですかね」

「そうだな……」テイラーが手元にあるサミットの日程と、前後のスケジュールを確認する。「メインセッションのみにすれば、まだ多少時間が取れそうだ」

ニックがデスクに寄って表を覗き込む。G7会談の前に米加・米英の個別会談があり、それ以外にもスリランカやラオスとの短い会談予定が詰まっている。それらを中止にするとテイラーは言っている。

「では、ぶっつけですか？」

「ここまで来たなら大差ない。電話で済む分は話をつけておく」

「大統領は喜ばれるでしょうね」

「ならいいさ」

「忠臣ですな。いや臣下というより幼稚園の先生《Kindergarten teacher》の方が近いかもしれませんが」

テイラーが鼻で笑う。

「いつの時代も、概ね正しいのは子供の方だ。大人はわかったような気になっているが、成長とは時間をかけて曇ることでもある」

「我々が見えなくなったものが、大統領には見えている？」

「そう。我々は見えなくともいい。何が見えたのかを後から教えてもらえればそれでいい」

「正直、子供の相手は苦手です」ニックが肩をすくめる。「申し訳ないですが引率はおまかせしますよ先生」

「なに、難しいことはないよ。飴と鞭だ」

そういってテイラーはボールペンを取り、サミットの前に記載されていた個別会談をぐるりと囲んだ。そこから矢印を引っ張って、すべての個別会談をサミット後に放り込む。

「好きに遊ばせた分は、宿題で取り戻すさ」

ニックはくく、と笑った。「調整します」

三時間後、テイラーはアレックスに連絡した。日程の調整で少々の猶予ができたことを伝えると、アレックスはわかりやすく声を弾ませていた。サミット後のことは追い追い報告することにした。

9

「党内からも非難が上がっている」

下院院内総務・ウィーラー議員が厳しい口調で言った。

エドムンド・ジュリアーニが院内総務の執務室を訪れている。ソファに深々と沈みながら、好々爺《こうこうや》然として話に頷く。

「早急に自殺法への反対を表明すべきだ」ウィーラーがエドムンドを責める。下院の党代表、議会を指導する立場にある。「遅きに失すれば共和党に付け入られるぞ。若手議員は大統領に直談判《じかだんぱん》すると息巻いている」

「重々承知しているよ」エドムンドは揺れずに答えた。「ただそこを、君の力でいま少し抑えてもらえんか」

ウィーラーが大仰に首を振った。「反対の立場なのは私も同じだぞ、エドムンド。若手の言い分は正しい。止める方が無理筋だ」

「そうなあ……」

エドは口をもごもごさせた。

「ところでウィーラーよ。地元は堅調かね？」

ウィーラーが眉根を寄せる。

「変わりないが」

「賭場《とば》も順調か」

ウィーラーがさらに眉間《みけん》の皺《しわ》を深めた。ネバダ出身議員のウィーラーは地元のラスベガスに自身が経営する賭場を持っている。

「何が言いたい。カジノは合法だ」

「いやね、私は賭け事《かごと》をあまりやらない人間だから詳しくは知らないが。金がかかると人間必死にもなるだろう。たとえば、喧嘩なんかもしょっちゅうあるんじゃあないか？」

ウィーラーの顔色が変わった。

エドムンドはここに来る前に情報を手に入れていた。ウィーラーの経営する賭場で、先週地元マフィア同士の抗争が起きたこと、誰かが地元警察に働きかけてそれをもみ消したこと。

「ま、世間話はこれくらいにして……」

エドムンドはソファからウィーラーを見上げながら、下手に出て言った。

「頼むよ。な」

議事堂からホワイトハウスまでの短い車中で、エドムンドは各所からの報告のメールを読んでいた。一通目が全米キリスト教会協議会との会合について、二通目は中国を訪問した上院議員からの報告会合についてだった。それぞれを事務的に処理し、大統領のスケジュールを組み立てていく。

次のメールを開いたところでエドムンドの手が止まる。三通目はＦＢＩ長官ブラッドハムからの報告だった。

サミット時のテロ対策、警備における州警察との連携等の必要な情報が並んだ後、最後に取ってつけたように一報が付いていた。それは例の〝オカルト〟、人心を操り自殺にすら向かわせられるという女、《Ai Magase》の捜査報告だった。

ただ報告の内容は簡潔だった。捜査に進展はなく、今以上の進行を望む場合は捜査規模の拡大が必要になるという。淡々と口にするロボットの顔が見えるようだなとエドムンドは思った。

手を止めて、にわかに考える。

報告書には海外捜査の可能性についても言及されている。だが正直に言えば、合衆国が日本や他国で大々的に捜査を展開してその女を捕まえるというのは「やり過ぎ」だった。大規模テロ組織の指導者などが相手ならば妥当な選択だが、現時点で女をそこまでのものとは認定できないだろう。《超能力じみた力を持つ連続殺人鬼《シリアルキラー》》では、ピンポイント爆撃の標的とするには不確実過ぎる。詳細はわからず、そもそも合衆国と敵対しているのかすら定かでない。国を挙げて対処するだけの理由が明らかに不足していた。

だが看過するのも一抹の不安があった。それもまた女の情報不足、正体不明の闇からくるものだった。

エドムンドはオカルトを信じていない。しかし理屈の如何《いかん》はともかく、人の心を自在に操るような人間がいるのだとしたらそれは脅威だ。この世界はほとんどすべてが人でできている。人を操るような真似ができれば、それは世界を操ることと同義となる。

たった今もエドムンドはアレックスの時間を作るために、手持ちのカードを切って院内総務を操作してきたばかりだ。彼はこれまでも多くの人間を操ってきた。時には褒美《ほうび》をちらつかせ、時には懲罰を匂《にお》わせ。そうして政界を生き抜いてきたエドムンドだからこそ、人心を操る難しさと、それができた時の莫大《ばくだい》な利をよく解っている。

彼は想像する。自身と同じベクトルを持っていそうな女の姿を。

情報によれば、この女が用いる手管は〝色香〟であるという。

それ自体は問題なく理解できる。色は古くから人心操作術の代表であるし、色仕掛け《Honey trap》の前例など枚挙に暇《いとま》がない。

色仕掛けには二つのやり口がある。一つは性的な魅力で懐柔して相手を操作するもの、もう一つは性的関係を弱みとして握ることで相手を動かすものだ。前者は性的欲求、後者は保身、どちらも人を動かす理由たり得る。

だが同時に、どちらも〝ある程度〟までしか動かせないこともエドムンドは知っている。

性欲や保身を天秤《てんびん》にかけても、もう一方の皿により重い物が載せられれば話は終わる。色仕掛けで握れる弱みなど覚悟さえ決まってしまえば軽いものだし、性欲などさらに容易にうつろう。なにより〝死〟と天秤にかけるなど、あまりにも馬鹿げている。死んでしまっては性欲も保身も何の意味もないのだから。

しかし件《くだん》の女は、それをやってのけているという。

エドムンドの想像力が行き止まる。いったいどんな色香ならば男をそこまで狂わせられるというのか。女一人のために死ぬなど……と、そこではたと思い出した。女一人のために死んだ男など、歴史の中にいくらでもいることに気付いたのだった。色仕掛けという言葉の印象で目が向いていなかった。

男は女のために死ねる。

それが運命的な恋愛の相手であるならば。

「ファム・ファタール《運命の女》」

エドムンドは二つの意味を持つ言葉を呟いた。《運命の女》は同時に、男を破滅に導く魔性、《致命的な女》でもある。

「全くファンタスティックな犯罪者だ」

エドムンドは鼻で笑うと、幻想的な相手への現実的な対処をメールに書き込んだ。海外捜査は小規模・現状維持。日本政府へ圧力をかけつつ現地捜査機関を動かして対応する方針を示して返送する。

処理を終えてから、エドムンドは戯《たわむ》れに《ファム・ファタール》をネットで検索した。辞書サイトに細かな説明が載っている。そこにファム・ファタールという存在の典型的な特徴が並んでいた。

『神秘感と不安感』

『乱交』

『母性の拒絶』

『悪人』

10

エマ・ウッドが大判の本を眺めている。

最近知った画家の画集だった。通りすがりに見た一枚が気になって本を取り寄せてみたが、数枚見てもやはり好ましい作風だったのでもっと見たくなった。ウェブで画家の名前を検索すると、ちょうど個展を開催しているのがわかった。会期はあと十日だった。

個人秘書に電話を一本入れて、スケジュールに空きが作れないかと聞いてみる。有能な秘書がすぐに予定を調整してくれた。エマは礼を言って電話を置いた。楽しみが増え、幸福な気分だった。

二十代の頃、自分がファーストレディになるとは全く思っていなかった。アレックスが大統領になると思っていなかったのだから当然だった。しかし運命は彼を大統領にして、自分をファーストレディにした。

けれど、エマは何も変わっていない。

エマは好きなことをして生きてきた。好きだと思ったものには周りが引いてしまうほどはまりこんだし、もういいと思ったらすぐにやめた。嫌なことは絶対にやらなかった。ファーストレディになる前もなった後もそれは変わらない。幸い、今のところファーストレディの名はエマにとってプラスに働いていた。大統領夫人としての仕事は増えたが、その分できることも増えた。やりたいことが生まれた時に、地位の力が自由を与えてくれた。エマにとって肩書は、便利な通行証《パスポート》程度のものだった。

なのでもしそのパスがエマに嫌なことを強制しようとするならば、彼女は喜んでそれを捨てるだろう。離婚など大した問題ではない。アレックスと共にいることと制度上の名称は関係ない。

エマは人生を愛している。

今日まで続いてきた人生と、これから続いていくだろう人生を心から愛している。生きることはただ素晴らしく、エマは大きな幸福の中で暮らしている。

そして願わくば、最愛の家族、アレックスとオリバーにもそうあってほしいと思う。

オリバーについては、あまり心配していなかった。彼はアレックスと自分の長所ばかりを存分に受け継いでいるし、ひたすら真っ直ぐに育っている。オリバーは幸福になるだろう。神様が馬鹿でない限り。

けれどアレックスは違う。アレックスは不器用で、小心で、子供で、放っておけばどこまでも損ができる人間だ。アメリカ合衆国大統領などをしていることがその最たる証拠だった。これほど損な仕事はこの世にない。彼が必死で考えている間、党内と党外と各国の代表とそして市民が彼を糾弾し続けている。

それでも、市民には彼が必要だとエマは思う。

エマは、アレックスと自分がよく似ていると思っている。アレックスは意味がわからないという顔をするだろうが、似ているのだからしょうがない。何かについて考える時、エマとアレックスはだいたい同じ結論に辿り着く。ただしエマは直感、アレックスは考察で結論に向かうため、速度だけが大きく違う。

なら早い方が良いかといえば、それは真逆だった。

エマの結論は結局エマだけのもので、自分がどう振る舞うかの指針にしか成り得ない。

説明しろと言われてもできないし、自分ですらなぜそうなるのか理解していない。神様からそういう指示があったとしか表現できない。

けれどアレックスは、道を歩いてくる。地図に印をつけながら、回り道をひたすら進んでくる。彼は自分の道程を誰にでも説明できる。それはすなわち開拓であり、後から来る人々の道標《みちしるべ》となる。

そしてそんな彼自身は、人を導こうなどとは微塵も思っていない。彼は単に自分の性癖と趣向に従って石橋を作っているだけで、それで後続がどれほどの恩恵を受けるかなどに全く興味がない。彼は前しか見ない。真っ白なキャンバスしか見ていない。だからこそ純粋に、ニュートラルな思考ができる。何ものにも囚われない判断ができる。

考えてくれる人《The thinker》。

合衆国市民は、神様にもう少し感謝した方がいい。

彼のような人間が大統領なのは、とても幸福なことなのだから。

階段を上ってくる足音が聞こえた。エマは自分とよく似た最愛の人を迎えるために、画集を閉じた。

11

十九時五分、労働争議に関する会見を終えたアレックスは、ホワイトハウスの居住区への階段を上っていた。テイラーのお陰で予定が大分空いたとはいえ通常の公務は残っている。一つのことに何十時間も集中するのは流石に無理だった。

二階に戻ると、イーストシッティングホールの窓辺にエマがいた。エマは手元の大きな本を閉じて夫に微笑みかけた。アレックスは妻の笑顔を見るたびに、この人はなぜ僕と結婚したのだろうかと思う。

「オリバーは？」

「まだ帰っていないわ。バスケット」

「大統領より忙しいね」

「貴方だって本当は公務の予定だった時間じゃない。キッチンのスタッフが愚痴《ぐち》っていたわ」

「なんて？」

「レセプションが流れたから食材が余ってしまったって」

「ああ……それは申し訳ないことをしたね。急な変更だったし、連絡も間に合わなかったんだろう」

「上手くいっていないわ」

「そうだね」

「貴方がよ」

「うん？」

「考えが停滞しているのでしょう？」

「ええと……」アレックスは話題が変わっていることに気付き、慌てて妻に追いつこうとした。彼女は時々話を飛躍させる。それに論理的な説明を付けることをアレックスは二十年前に諦めている。「そうだね、停滞しているかな……」

「仕方がないわ。貴方は考え事が下手だから」

「うん、それは……まぁね」

反論はない。彼女の言う通りだと思う。

アレックスは考えることが好きだ。暇さえあれば四六時中考え続けられる。けれどそれは考え事の上手さとは全く無関係だった。《好きこそものの上手なれ《What one likes one will do well》》はあくまで理想であり、現実は《下手の横好き《always at it and always bad at it》》でしかない。考える人などとあだ名されているが、実際には何を考えたらいいのか考えている時間が一番長い。処理《processing》ではなく彷徨《Wandering》。

今もアレックスは迷っている。スタートを切る以前に、スタート地点を探している。

「まだ上手く見えてこなくて……」アレックスが俯《うつむ》いて弱音を吐く。「情報が不足しているのか、それとも……」

「違う《No》」

竹を割るような一声だった。顔を上げて妻を見遣ると、エマは立ち上がり、寄ってきて、そのままアレックスにキスをした。アレックスは混乱した。

「なぜ今?」

「そういう指示があったの。神様から」

エマが陰《かげ》りのない笑顔で言う。

「アレックス、教えてあげる。情報が出揃うことなんてこの世にはないの。必要なものが必要なだけ揃うなんてただの奇跡よ。現実は常に不足か過剰。貴方はこれからも多過ぎるか足りないかの状況で、その判断すらつかないまま足を進めるしかないわ。でも大丈夫。貴方は大丈夫。貴方は神様からとてもよいものを贈られたから」

「……それは?」

「〝勘〟よ」

エマは真実を語る探偵のように、自信に満ちた言葉で語った。

「貴方の目に留まったもの、感触が気になったもの。背筋が震えたもの、股ぐらがひゅっと縮んだもの、それを探せばいいわ。そばにあるなら手に取ればいいわ。時間なんて気にしなくていいの。気の済むまで探して、いくらでも考えていいのよ。それが貴方の仕事、貴方の担当、貴方だけの役割」

「それは」

アレックスは戸惑った。それはあまりにも魅力的な提案で、本当にそんなふうに、全面的に好きなように生きていいだろうかと尻込みしてしまうほどのことだった。けれどエマが言うと、それが無根拠に正しいように聞こえるのだった。

「それでいいのかな……」

「いいの」

エマは根拠の無いことをもう一度言った。

「問題があるならテイラーやエドムンドがなんとかしてくれるわ。私とオリバーと、すべての合衆国市民が貴方を助けるわ。だって貴方は合衆国大統領なのだから」

「それは、とても嬉しいことだね」

アレックスは自分が大統領であることと、彼女が自分の妻であることに感謝した。けれどその感謝もすぐに忘れてしまった。やっていいと言われたら、やりたいことで頭がいっぱいになってしまっていた。

時計を見る。十九時十二分だった。アレックスはすぐに電話をかけた。

二十時半、二階のプライベートダイニングルームに最初の料理が運ばれてきた。新鮮な魚介がふんだんに使われたサラダは、招待客のことを伝えられた常勤のシェフが独断で急ごしらえしたものだった。ただアレックスは生魚が苦手だったので、別に作られたアボカドのサラダを食べていた。

「ごめん、昔から苦手で……。気を悪くしないでくれると嬉しいけど」

「いえ」

ダイニングテーブルの向かいに座る正崎善は無愛想《ぶあいそう》に答えた。

一時間半前、アレックスは思い立ってエドムンドに連絡を取った。それは正崎善特別捜査官を呼び出してほしいという内容だった。ならついでに夕食にしたらと言ったのはエマだった。アレックスは案に乗り、プライベートルームでささやかな夕食会を開くことにした。

プライベートダイニングは大統領とその家族が食事を取るための部屋で、通常は客が来ることは無い。賓客を迎える晩餐《ばんさん》会はステートダイニングルームやファミリーダイニングで行われる。招待客が一人だけならばファミリーダイニングが適当であったが、アレックスはあえて〝自宅〟を選んでみた。せっかくなので以前にオーバルオフィスで会った時よりも、少し距離を詰めて話してみたいと思っていた。

テーブルにはアレックスとエマが並んで座り、向かい側に正崎が座る形となった。アレックスは黙々と食事を取る正崎を見た。ワイシャツに黒いタイ、先ほどまで羽織っていたジャケットも黒かった。

「正崎は、ダークスーツが好きなのかな？」

アレックスが聞いた。正崎が食事の手を止める。

「日本の地検特捜部では制服のようなものでした」

「なるほど。もう検察でないなら好きな色が着られるね。持っていない？」

「多少は」正崎がにわかに口を噤《つぐ》んだ。少し考える素振りを見せてから再び口を開く。

「今は手元にありません。まだアメリカ《こちら》に来たばかりで」

二品目に牛肉のローストが運ばれてくる。給仕が和牛であることを伝えた。レセプションの中止で余った食材を使ってもらおうと思っていたのだが、生真面目なシェフがわざわざ日本人に合わせた料理を提供しているようだった。

「ゼン・セイザキ」エマが多少たどたどしい発音で聞いた。「ゼンというのは〝禅〟のことかしら？　瞑想《meditation》……仏教《Buddhism》の」

「そのゼンではありません。日本語では《良い《good》》の意味になります」

「良い」

「善悪《good and evil》。goodがゼン、evilがアクです」

「善」エマが名を繰り返した。「素晴らしい名前だわ」

正崎はありがとうございます、と答えた。愛想はない。召喚されてからここまで、一度も笑っていなかった。

アレックスは二人のやりとりを聞いて微《かす》かに何かを感じたが、何なのかはよくわからなかった。二つの言語が混じったせいでゲシュタルト崩壊したのかもしれないと思った。

グリル、リゾットとコースが進む。会食は静かに進行した。エマが話題を提供し、アレックスも時々質問をしたが、正崎が聞かれたことだけを最低限の言葉で返すので、話が広がることはなかった。日本人は政治家もそうでない者も概ね堅いものだが、彼は今まで会った中でも一番ハードだとアレックスは思った。

デザートが来た頃に、階段を駆け上がる音が聞こえた。

「母さん！」

弾んだ声に続いて、オリバーがダイニングに顔を出した。学校の鞄《かばん》を持ったままのオリバーは、部屋に入ってきてから正崎の姿に気付いて戸惑う。エマが紹介する。

「正崎善さん。FBIよ」

「FBI」オリバーの目に好奇の光が宿る。

「それで、何？」エマが聞く。「呼んだでしょう？」

「あとでいいです。失礼します！」

オリバーは急に畏《かしこ》まった態度になってダイニングを出ていった。アレックスとエマが微笑んで向き直ると、オリバーを見送る正崎もかすかに微笑んでいた。エマが少し驚いて聞く。

「子供が好き？」

もう笑みは消えていた。正崎は質問に対して、肯定とも否定ともつかないような曖昧《あいまい》な首振りをするのみだった。


スタンドライトのみが夜の書斎を柔らかく照らしている。アレックスが指示を出してようやく、正崎はソファに腰を下ろした。

「何か飲む？　お酒は？」

「いえ」

「そう、ちょうど良かった。僕も下戸でね」

アレックスは昔から酒に弱い。レセプションや晩餐会も多い合衆国大統領が下戸というのもまた彼の政治的デメリットの一つだったが、本人は飲まなければいいだけと、さして気にもしていなかった。そもそも酔いながらした話など信用できない。

二つのグラスにミネラルウォーターを注いでローテーブルに置く。アレックスは正崎の正面に座った。

「悪かったね、突然呼び出して。仕事があった？」

「問題ありません」正崎が無機質な声で答える。「仕事は限られています。私はまだ正規の捜査官として認められていませんので」

「そうか、そうだね」アレックスが思い出す。「それも検討はしてるんだ。色々手続きがあるようだから、僕が許可を出して即日正規採用とはいかないみたいだけど」

「お願いします。可能な限り早く」

「なぜ正規の捜査官になりたいの？」

アレックスは単純な疑問をぶつけた。まだ非正規とはいえ一応はＦＢＩ所属の特別捜査官だ。今でも捜査の仕事はできるし、仮に正規となったところでそこまで劇的な変化があるとは思えない。

「特別捜査に加わりたい」正崎が答える。「日本での捜査です。海外への派遣は非正規では難しい」

「アイ・マガセの捜査かな」

「はい」

「アイ……。君の〝善〟は聞いたけど、アイは日本語でどういう意味なのかな」

正崎が冷たい声でいう。

「アイは、《愛》《love》です」

「love？」

正崎は無言で頷く。アレックスはぱちぱちと瞬いてから言った。

「それはまたなんとも……皮肉な名前だね」

アレックスの頭の中に“love”の連想が広がる。

家族愛《ストルゲー》、隣人愛《フィーリア》、性愛《エロス》。

神の愛《アガペー》。

ヘイデン牧師の顔が思い出される。神は無限の愛を持っていると言われた。けれどアレックスは愛について詳しいわけではないので、そもそも無限有限・多い少ないの尺度で語っていいことなのかもわからない。

無限の愛とは長い時間にわたって愛してくれるということなのだろうか。それとも、どんなに悪いことをしても愛してくれるということなのだろうか。

「大統領」

顔を上げる。考え事に入ったせいで黙ってしまっていた。目の前の正崎が聞いてくる。

「今日は、曲世愛の話を聞くために私を？」

「ああ、いや……」しどろもどろになりつつ気を取り直す。現実に帰ろうと頭を整える。

「そっちの方はＦＢＩにおまかせするよ。僕が考えても仕方ない。ブラッドハムと君でベストな対応を探してほしい」

「では？」

「そう、ええとね」

アレックスは自身の中にあるベクトルの言語化に努めた。

「超常現象の女性についてではなくて……。多分、君と話したかったのは〝自殺〟のことなんだと思う」

「……それは」

「僕はこの数週間、ずっと自殺について考えてる。今も考えてる」

アレックスは正崎の目を見た。強い目線ではなく、探り探りの、恐る恐るといってもよいような目だった。アレックスが不得意とする分野、他人の感情の機微に触れなければいけないと思ったからだった。

「君の心の傷に触れてしまったら申し訳ないと思う……。やめてほしいと思ったら、遠慮なく止めて」

アレックスが慎重に口を開く。

「善。僕は君の身に起きた出来事を資料で一通り読んだよ。君は日本の検察官として新域に近づいた。その中で同僚が自殺し、真実を知るために捜査を進めた。そして自殺法の最初の宣言に立ち会った。数十人の自殺を目の当たりにした」

正崎は硬い表情で聞いている。

「それから君は対齋開化の特別捜査班を指揮した。齋を捕らえるために奔走した。だが結果は……。君の捜査班全員が亡くなった。二十四人の自殺、一人の殺害」

正崎は反応しない。アレックスにはその顔が、裏から板を打ち付けて無理矢理固定されている古い家屋のように見えた。ハリケーンが来れば吹き飛んでしまいそうな脆さを感じていた。

「多分君は、この二ヵ月の中で、世界の誰よりも多くの死に触れている。自殺法の世界を、一番近くで見てきている」

意を決して、家屋に踏み込む。

「だから君に聞きたかった。自殺について、人の死について、君がどう感じているのかを」

彼は家屋の住人を見つめて言う。

「自殺法の是非を判断するために」

アレックスは、今自分のしていることが非常識で、非人道的な行為だと思っていた。何十人という同僚を失い、殺人鬼に部下を惨殺された男に、それがどんな気持ちであるのかと聞く。まともな神経の人間にできることではないし、まともな神経の人間が答えられることではない。

けれど今のアレックスにはそれが必要だった。理屈ではなく、こちらが正しい道だと身体が訴えていた。だから行くしかなかった。土足で踏み込むしかなかった。

せめてアレックスが正崎にできることは、その愚かさを取り繕《とつくろ》わないことだった。正崎を騙《だま》さないように、自分を偽らないように、正面から正直に頼むことだった。だから自宅に招きたかった。食事を共にしたかった。大統領としてではなく、ただ一人の人間として聞きたかった。それが、アレックスが正崎に示せる、ありったけの敬意だった。

正崎が無言でアレックスの瞳《ひとみ》を見返している。

無言の時間が流れる。

アレックスが大統領でなくなろうとしているように、正崎もまた捜査官でなくなろうとしているのかもしれなかった。アレックスは殴られても仕方ないと思っていた。それだけのことをしていた。

数秒か、数十秒か、時間の感覚が消えそうになった頃。

正崎の口元が、何かを嚙み締めるように動いた。

「嘘を」

正崎は言った。

「吐いていました」

「嘘？　嘘とは……？」

「先ほど私は言った。正規の捜査官になって日本の捜査に加わりたいと。違います。捜査官になりたい理由は他にあります」

「それは」

「捜査官になれば、銃が支給される」

アレックスが目を見開く。

「君は」自然と眉がひそまる。「あの女性を……曲世愛を殺そうとしているのか」

「はい」

正崎善は淀《よど》みなく答えた。

アレックスは困惑を隠せないでいた。聞き捨てならない話だが、だからこそ彼の真意であることが明瞭に伝わってくる。正崎もまた正直に答えてくれている。二人は今、腹を割って話している。

「復讐を果たす気なのかい」アレックスは聞いた。「亡くなった、殺された仲間の」

正崎が目を伏せ、再び言葉を探り始める。自分自身の気持ちを確かめているように見えた。

待っていると、口元がにわかに微笑んだ。

「部下がいた」

アレックスが初めて聞く声音で、正崎は話し始めた。

「若い男だった。仕事はそれなりにできたが、心が幼く、弱かった。長いものに巻かれ、短いものを巻く余裕もなく、自分の心を守るだけで精一杯のやつだった。検察のような組織ではもたないだろうと思いました。早く辞めた方がいいとも」

正崎が話しながら小さく首を振る。

「それは私の見込み違いでした。彼は自分で考え、検察の中で理想を追う術《すべ》を見つけ出した。私と同じ検察官になって、自分の理想を自分で実現するのだと。私の目の方が節穴《ふしあな》だった。彼は検察にこの上なく向いた、検察官になるべき男だったのです。それからすぐ、彼は首を吊《つ》った」

アレックスの顔が困惑で歪《ゆが》んだ。

喉まで出かかった言葉を押しとどめる。

なぜ?

「友人がいた」正崎が続ける。「適当な男だった。刑事をやっていましたが、正義漢ぶるところはなく、不真面目《ふまじめ》なくらいのやつだった。できることとできないことの区別がついていて、身《み》の丈《たけ》にあったことを背伸びせずにやる。正しく適当な人間で、その適当な生き方を頼りにしていました。彼は自分の頭を撃ち抜いた」

アレックスは言葉を失う。

何も言うことができない。

「彼女のことは……自分でも上手く言い表せない」

正崎は続けた。人の命が簡単に消える話を。

「部下の女性でした。けれど多分、それ以上の感情を持っていた」

「……愛していた？」

正崎が首を振る。

「恋愛感情ではなく……。きっと私は……そう、憧れていたのです。正義を旨とする女性だった。正義を心から信じ、自身もそうあろうとしていた。その時、悪の道に片足を突っ込んでいた私は、正義の化身のような彼女をただ尊いと感じていたんです。この人が黒く染まってはいけない。この人が白いままであることが、正義を守ることであると思った」

正崎の言葉が途切れる。

アレックスはやめてくれと願った。事前の資料で知っていることなのに、頼むから聞かせないでくれと。

けれど願いは言葉にならなかった。

だから正崎はやめなかった。

「彼女は生きたままバラバラにされた」

アレックスは自分のシャツの胸を力いっぱい摑んでいた。そうしないと自分の方がバラバラになりそうだった。

資料は読んでいた。出来事は知っていた。だがアレックスは今になってようやく理解した。目の前に全く癒《い》えていないぐじゅぐじゅの傷跡を晒されて、ようやく痛感する。

惨《むご》たらしい死。おぞましい女。

殺人鬼。

曲世愛。

アレックスは身も蓋《ふた》もなく思っていた。絶対に会いたくない。一言だって話したくない。どうか自分の人生の中に現れないでくれと。

「復讐かと聞かれれば、否定できない」

正崎が言う。

「憎んでいる。恨んでいる。憤怒《ふんぬ》で頭がおかしくなりそうだ。けれどそれとは別に、一つ確かなことがある」

正崎は顔を上げて、アレックスを見た。

「あの女は悪人だ」

その言葉が焼印のようにアレックスの脳裏に残った。

悪人《villain》。

「殺さなければならない。世界と人のために、あの女の命を断たなければならない。そうしなければこれからも、際限なく、人が死ぬ。だから私はあの女を」

殺します、と正崎は言った。

アレックスは目を逸《そ》らせなかった。

彼は今、自分のすべてを偽りなく語っている。

口にしない方がよい話なのは明らかだった。人を殺すために銃が必要だから捜査官になりたいなど、聞いてしまえば承認するわけがない。ブラッドハムに伝えれば彼も認めないだろう。正崎の目的を達成するためには黙っているのが最善だ。

だが彼はそれを明かした。

その理由が、アレックスには解った気がした。

「それは……正しいことなのかい？」

アレックスは聞いた。純粋な疑問でもあったし、それを聞くしかないとも思った。

正崎の顔がわずかに、しかし初めて、歪んだ。

逡巡《しゅんじゅん》の後、正崎は答える。

「わかりません。今も考え続けています」

アレックスには明確に伝わっていた。それもまた彼の本心だった。


夜が更けていた。二つの寝室に繋がるホールに二人の姿があった。薄暗い部屋の中を、半円形の大きな窓から入る光が照らしている。外にはホワイトハウスの別棟が見える。

二人は窓辺に腰掛けていた。間にグラスが並んでいる。アレックスが一つを手に取って中身を舐めた。首を振ってすぐに置く。

「喉が焼けるようだ」

中身はバーボンだった。持ってきた瓶《びん》の表示を眺める。高級品らしいが飲食厳禁の化学薬品にしか思えない。

「きつい酒です」

正崎はそう言いながら涼しい顔をして飲んでいる。四十七歳のアレックスよりも、三十二歳だという正崎の方がよほど飲みつけているらしかった。

最初に酒を用意したのはアレックスだった。上手く説明できなかったが、ただタイミング、酒を飲む時になったような気がしたからだった。これもエマに教わった直感を信じての行動だったが、二口舐めただけでもう後悔している。

「家族は?」

アレックスが聞いた。正崎がグラスを置く。

「妻と、息子が一人います」

「僕と同じだね。今は東京に?」

「信頼できる友人に頼んであります」

「写真とかないのかな」

正崎がスーツの懐《ふところ》を探った。出てきたのはそのままの意味での紙の写真だった。スマートフォンを予想していたアレックスが面食らう。

「電話で写真を撮る習慣がないもので」正崎が反応を見て説明する。「一枚だけ持ってきました」

写真を受け取って見る。妻と子供だという。元々日本人は若く見えるものだが、アレックスには彼の妻がハイティーンと間違えるほど幼く見えた。子供もとても可愛らしい。

「可愛いねぇ」素直な感想が口に出る。「子供はまるで女の子みたいだ。いくつ？」

「六歳です」

「オリバーが同じ歳の頃はもっと憎たらしかったな……。妙に大人びてて」

「聡明そうでした」

「彼は頭がいいんだ。僕なんかよりずっとね」

アレックスが自慢げに胸を張ると、正崎もまた微笑んで応えた。

写真の中の母親と子供は何の不安もなく、幸せそうに笑っている。

「明るそうな奥さんだね。こう……天真爛漫《てんしんらんまん》……というか」

「すみません」

「どうして謝るの」

「言葉を選ばせたかと」

「そんなことはないよ、うん」

取り繕いつつ、もう一度見た。笑顔の女性は毒というものが欠片《かけら》もなさそうで、子供と並ぶと姉弟のようにも見える。ただ六歳と姉弟に見えるというのもどうなのかとは確かに思った。

アレックスが写真を返す。正崎は慈しむような目でそれを眺めた。

「底抜けの明るさで何度も救われました。気分だけじゃない。服一つとっても、自分で選ぶと黒ばかりになってしまう」

ダークスーツの男は言った。アレックスは夕食の時の会話を思い出す。

いま彼のそばに彼女はいない。

「曲世愛を殺したら、君はもう帰れない」

アレックスの口から言葉が滑《すべ》り出た。

それは事実だった。正崎が目的を果たせば、高い確率でやってくる現実だった。人を殺した人間は捕まり、裁かれる。愛する家族の下へ帰ることはできない。

それとも。

「帰る気がない？」

正崎が写真を懐にしまう。彼は目を合わせずに言う。

「信頼できる友人に頼んであります」

「そう……」

会話が途切れる。すべてが伝わった。人を殺す覚悟と、殺した後の覚悟。

家族を捨てて信じる正義を為すのかと一瞬思った。だがアレックスはすぐに思い直す。

家族を捨てたのではない。彼は悪人を討って、家族も守ろうとしているのだ。誰かの家族を殺す殺人鬼から、自分の家族を殺すかもしれない殺人鬼から、人を守るために。

それが正しいのか。

それが善行なのか。

わからない。正崎にベストな答えを示すことができない。アレックスはこの問題の解答に、まだ考えが及んでいない。

だが同時に、アレックスには自信を持って言えることがあった。それは彼がこれまでの人生で得た真理であり、どんなことにも適用できる普遍的な真実だった。

それがどんなに難しい問題だとしても。

〝この先も考えが及ばないとは限らない〟

アレックスは窓辺から立ち上がり、振り返って正崎を見た。

「連邦捜査局捜査官、正崎善」

アレックスは所属と名前を呼んだ。立場を明確にするためだった。正崎はすぐさま立ち上がり姿勢を整える。

「君を正規の捜査官として任命する。手続きが完了次第、君には正式な装備として、銃が支給される」

正崎善は硬い表情で聞いている。それが意味するところを考えている。

「正崎捜査官」

「はい」

「君は日本人だからあまり詳しくないかもしれないけれど、我が合衆国における大統領の権力は絶大なんだ。国家元首であり、軍の最高司令官であり、行政権を有する。判事・大使・各省長官・その他すべての連邦公務員の指名権すらもっている。FBIの正式な捜査官となった君は連邦公務員だ。何が言いたいかというと、君はこれから僕の命令に対して、《はい、わかりました《Yes sir》》以外の返答は許されなくなったってことだね。わかった?」

「Yes, sir」

正崎は即座に反応してみせた。アレックスが満足気に頷く。

「命令するよ、正崎捜査官」

アレックスは〝部下〟に向けて言った。

「君は、必ず家族の元に帰るんだ」

正崎が目を見開く。驚いている。そして考えている。

「どんなことをしても。どんな手を使ってもだ」

アレックスは命令を終えた。抽象的な命令だった。どうすればいいのか考えなければならない命令だった。

正規捜査官に任命し、銃を与えた。人を殺すための銃だった。だがそれで人を殺せば家族の元には戻れない。アレックスの行動は一見矛盾しているように見えた。けれどアレックスの中に矛盾はない。

彼は信じているだけだった。この問題にも必ず答えがあるのだと。アレックスも正崎もまだ考えの及んでいない答えが、必ずあるのだと。

「わかった?」

正崎善捜査官は、覚悟の後に答えた。

「Yes, sir」

12

シルバーグレーヘアの男性が慌て気味に手元を見る。指示が表示されているらしい卓上のタブレットに視線を走らせる。

「ええ、速報です」

画面に真っ赤な帯が流れ、そこに白抜きの文字が表示される。"BREAKING NEWS BBC 12:03"。

「つい先ほど、十二時ちょうどです」

画面が切り替わり、CGの地球が表示された。地球が回転しつつ、ヨーロッパ方面へとズームしていく。カメラがイングランド南部に寄ると、ロンドンの南西、湾岸部近くにマーカーが灯《とも》った。

「サウサンプトン・シティにおいて、現市長ジョージ・ピット氏が自殺法導入を表明した模様です！」

13

自宅で朝食を食べていたサムはテレビに釘付《くぎづ》けだった。ＢＢＣニュースが七ヵ所目の自殺法都市出現を報じている。キャスターの男性が自分の眼鏡を振りながら興奮気味に状況を伝えていた。画面が切り替わり、記者会見場で話す市長らしき男の映像が流れる。緊急速報を伝える赤い帯は、まるで大規模テロ発生のような緊迫感を漂わせている。

今日も忙しくなりそうだ、三十分早く出勤しようか、そんなことを考えていた時にスマートフォンが震えた。表示名は国務省言語サービス課。出てみると直属の上司からだった。

「サム！　今すぐ来てくれ！」

14

ホワイトハウス地下シチュエーションルームに人が慌ただしく出入りする。主要閣僚が到着した順に座り、スタッフが入手した情報が逐次共有される。

「フローレスは何も知らなかったと」

テイラーが通話を切断して報告した。ハートフォード市長に今回の動きについて事前に知っていたかを問い詰めていた。

「なんとでも言えるさ」エドムンドが一蹴する。フローレスの発言の真偽よりも、次の問題へ意識が移っているようだった。

アレックスは会議卓中央の定位置で白頭鷲を背負っている。表情に余裕はない。考えが未だまとまっていないからだった。しかし世界は刻一刻と動き続けている。見切り発車をしなければいけない時期かと思い始めていた。それはアレックスがこの世で一番嫌いなことの一つだった。

大型モニタサイドのスタッフが耳元のインカムを押さえながら叫ぶ。

「会見きますっ」

ほぼ同時にシチュエーションルームに別のスタッフが飛び込んできた。「通訳準備完了しました」

　室内の全員がモニタに注視する。

　それを待っていたかのように中継映像はスタートした。

　記者会見場に記者達の黒髪の頭が並ぶ。真新しい白色の会見室。木目調の会見席に十本以上のマイクが立ち並ぶ。後ろのパネルには大きなシンボルマークが一つだけ描かれていた。そのマークが表すものを、世界の多くの人間がすでに知っていた。

《新域》。

　フラッシュの明滅がパネルを照らす。現れたオールバックの男が自信に満ちた歩調で登壇した。細い眼《め》の男は、今世界で最も注目されている人間だった。

「これより」司会を担当する職員の声が入る。「域長の記者会見を始めさせていただきたいと思います。域長、よろしくお願いいたします」

　同時通訳された英語音声がシチュエーションルームに流れる。

　画面の中の齋開化は柔らかい笑みで頷き、会見席のマイクに向き合った。

「夜分に失礼致します。急な会見にお集まりいただいた記者の皆様にも御礼申し上げます」

　齋が恭《うやうや》しく挨拶する。

「先ほど、三十分ほど前です。イギリスはサウサンプトンにおいて、ジョージ・ピット市長が自殺法の導入を表明されました。これによって、自殺法を政策に取り入れた都市は世界七ヵ所となりました」

齋の左側に据えられた液晶モニタの画面が切り替わる。自殺法都市の場所がプロットされた世界地図が現れる。

「約二ヵ月前、私は自殺法の導入を宣言いたしました」齋が続ける。「私は思っていました。自殺法、死の権利を認める新法は、世界の人々にも必ず受け入れられる新時代のコモンセンスであると。ただ現在の世界の状況は、すでに私の想像の先を進んでいます。これほどの速度、これほどの数……。二ヵ月で六都市、百五十万人が新たに自殺の自由を認められた。世界は自分達の意思で歩み始めています」

「ぬけぬけと」エドムンドが呟く。

「ここまで想定内だと思うか？」とテイラー。「六都市の共謀、もしくは、まさかとは思うが例のオカルトか……」

「具体的な裏は知らんが、想定内には違いないな。見ろ」エドムンドは顎《あご》で正面モニタを指す。「こんな奴《やつ》の言うことを信じとったら命がいくつあっても足りん」

「世界が革新している」

齋が言う。

「ならば私も、進歩を恐れてはならない。社会の迅速な反応に歩調を合わせなければならない。次に我々が為すべきなのは、圧倒的な変革の波の暴走を許さず、手綱を握り、制御することとです。我々は手を取り合って、革命を成功に導かなければなりません。私はここ、新域において」

「第一回《自殺法都市首長会議》を開催いたします」

翻訳された言葉がシチュエーションルームに響いた。

「自殺法都市……」テイラーが呟く。

「首長会議」エドムンドも繰り返した。

「日時は四日後。日本時間の九月三日、午前十時。場所はここ、新域です。現在までに自殺法を導入した六都市の首長へ呼びかけたい。この会議に参加いただき、自殺法の意義・利点と欠点・正しい運用・それら喫緊の課題について、忌憚のない議論を行おうではありませんか」

テイラーが眉をひそめる。その日程が意味するところを考える。日本と合衆国では十三〜十六時間の時差がある。つまり日本時間の九月三日は、米国の九月二日と三日の間となる。

その二日間には。

「人一人の力には限界があります」

齋が続ける。

「ですが人は同時に、力を合わせることができる。集まればより大きなことを為せる。世界の知恵と力が必要です。どうかご参加いただきたい。自殺法に関する総合討議、《自殺サミット》に」

「大統領」

テイラーが振り返る。齋の動きは明らかに〝こちら〟を意識したものだった。より直接的な、より全面的な対決姿勢。こうなればもはや猶予はない。待てる時間は終わりだ、そう告げようとしたテイラーは、彼の顔を見て止まった。

アレックスが呆然《ぼうぜん》と口を開けている。まん丸い目でモニタを見ている。

「ああ……そうだ、そう、そうだ」

「……大統領?」

「テイラー」アレックスがハッとして向いた。「そうなんだよ」

「そう、とは」

「自殺の是非について考える必要はなかったんだ」

テイラーは怪訝な顔を隠せなかった。

それはまさに今直面している問題の本質であり、それを考えなくてもよいという意味が全く解らない。

「いや、ええと考えなくてもいいというのは、ちょっと違って。それはそれで重要かもしれない。けど」

アレックスは正面モニタの齋を指差して言う。

「それは彼らが考えてくれる。彼の言う通り、力を合わせるんだよ。僕らが考えることは別にある」

アレックスはパンッ！　と手の平を合わせ、そこにため息を吹き込む。

「ああ……やっとわかった……これでやっとスタートできるよ………。さあ、テイラー」

アメリカ合衆国大統領アレキサンダー・W・ウッドは清々《すがすが》しい顔で言った。

「サミットだ」

Ⅳ．

1

アメリカ合衆国東海岸、ニューヨーク州とニュージャージー州の間にハドソン川が流れている。河口の先は二州に挟まれた湾となり、そのまま海へと通じる。長い間ニューヨークの貿易の窓口であり、今は自由の女神像がそびえる観光名所となったこの湾は、アッパー・ニューヨーク湾《ベイ》、またはアッパー湾《ベイ》と呼ばれる。

その湾内の北部、ハドソン川の河口に近い場所に、二十七エーカー（約〇・一平方キロメートル）ほどの小さな島がある。

元々は牡蠣《かき》の漁場であったその島は、持ち主が変わるごとにその役割を変えてきた。十九世紀初頭に連邦政府の所有となってからは要塞《ようさい》が築かれ、米英戦争後のヨーロッパを警戒したニューヨークにおける軍事戦略的な要所となった。

欧州との闘争の時代を過ぎた十九世紀末、島は再び役割を変えた。その頃はヨーロッパからアメリカを目指す移民が増えていた。移民の多くは大西洋を渡ってニューヨークに上陸するため、ニューヨーク湾にはそれを管理する場所が必要だった。そうして一八九二年、連邦政府の移民局が島に開設され、すべてのヨーロッパ移民はアメリカに入るためにこの島を通過することとなった。

移民は所持金検査や検疫を受け、健康と当面の生活に問題がないと判断されれば入国が許された。新生活を夢見る移民はこの島を《希望の島《Island of Hope》》と呼んだ。だが審査で弾かれた者は本国へと送り還され、家族と生き別れてしまう者もいた。感染症の疑いのある者は島内に長期間抑留されて、そのまま帰らぬ人となった。希望の島は同時に《嘆きの島《Island of Tears》》でもあった。

その島の名を『エリス島』といった。

2

マンハッタン島のセントラルパークに近い五つ星ホテルから仰々しい車列が滑り出た。高層ビルが林立するニューヨークの街を南下していく。パトカーに先導されたその一団の中に、普通の乗用車の倍も車長があるリムジンが走っている。

その車中、面長の男が書類に目を通していた。灰と白の混じった髪が綺麗な七三に分かれている。外務・英連邦大臣ロビン・スチュアートは温和そうな口調で話しかける。

「まだ島の帰属が統一されていなかったのですな」

手元の書類には向かう先の情報がまとまっている。周辺知識ではあるが、公務として向かう以上は現地のことを最低限頭に入れておくのも仕事であり、なによりそれが礼儀だと考えていた。

「現在も二州の共同管轄だそうです。埋め立てで造られた人工島の部分はニュージャージー州。元々の島部分、全体の二割くらいがニューヨーク州と。これまでに行かれたことは？」

ロビンが正面の相手に尋《たず》ねる。最後部の座席に座った女性は窓外の景色を眺めていた。紫の難しいスーツを品よく着こなしている。靴には派手な花が咲いていたが、それもきちんと従えていた。

「ないわ」

英首相フローラ・ロウは、乱れのない響きで答えた。ブラウンの髪に緑の瞳を持つ女性は、この場で今すぐに写真でも撮影するのかと思うほどに整った姿勢で座っている。ロビンも外見には十分気を使っているが、フローラのそれは別格だった。誰も見ていないようなところでも芯《しん》を通し続ける彼女の振る舞いは、〝品〟という形のないものに対する忠誠心《ロイヤリティ》の現れだった。

「十九世紀には武器庫に使われていたようです」ロビンが説明を続ける。「砦《とりで》もありますね。ただ築かれたのは米英戦争の終わり頃で、戦場にはなっていない模様」

フローラが頷く。戦史がある場所ならば知っておかねばならないが、今回は問題なさそうだった。

車列はマンハッタン島からホーランドトンネルに入り、ハドソン川の地下を潜っていく。トンネルの中からは湾が見えない。車がニューヨークとニュージャージーの殺風景な州境を越えた。

「帰属問題が名称に影響したのね」

上司の呟きに、ロビンが頷く。

「二州権利の島ですから、ニューヨークと言ってもニュージャージーと言っても角が立ちます。かといってエリス島とだけ言うには島が小さ過ぎるし知名度も低い。なのでどこにも不具合がない、大括りの名を冠としたのでしょう」

「自由の女神が見守る港」

フローラは手元の資料の表紙に目を落とし、その名を呟いた。

「『アッパー・ベイ・サミット』」

車列がトンネルを抜けて料金所を通過した。ニュージャージー側の大通りをぐるりと回り、湾に寄り添うリバティー州立公園へと向かう。

州立公園周辺は物々しい雰囲気に包まれていた。路上には警備のための警官が溢れ、警備車両が路肩を埋め尽くしている。大規模な一般検問を横目に見ながら、英首相の車列は公園の敷地内に入っていった。

公園内は開けていた。緑の芝生が広がり、木々が多少ある以外は見通しがよい。現在は公園自体の入場に規制がかかっており、車窓から見える人間はすべて警備関係者だった。車列が湾岸へ向かう。正面に橋が見えてきた。

「エリス・アイランド・ブリッジ」ロビンが説明した。「普段観光客が島へ向かう方法はフェリーのみで、この橋は関係者専用です。サミットでフェリーは止まっていますので、島への入り口は現在ここしかありません」

「警備は問題なさそうね」

フローラが窓外を見る。橋の袂《たもと》には申し訳程度の信号機があり、すぐ横には田舎のショッピングモールの駐車場に似合いそうな粗末《そまつ》な管理小屋があった。普段はそこで中年の警備員がのどかに検問を行っているのだろうが、今は急造だが頑丈そうなフェンスが橋への道をがっちりと塞ぎ、最新装備に身を包んだ警官達が管理小屋を取り巻いている。その落差が妙におかしくて、フローラはくすりと微笑んだ。

橋の検問を通過する。車は島へと続く三百メートルほどの橋を渡っていく。橋の終わり、島の入り口にはロゴマークのついた大型の看板が設置されていた。

《G7 UPPER BAY SUMMIT》

エリス島の中に入ると、橋を渡る前とは雰囲気が一変した。警備関係者がなりをひそめ、島全体がサミット仕様に飾り立てられている。過度にすら感じる装飾は〝島の中は安全な空間ですよ〟という主張なのだろうとフローラは受け取った。アメリカのそういった演出はよく理解している。ただ好みでは全くなかった。

車列が駐車場に停車する。フローラは多少の違和感を覚えた。写真で見た島の形と少し違うような気がした。

「浮島型の駐車場です」ロビンが先回りして答える。「敷地面積と駐車場が足りないので島の周りに急造したのです。終了後には解体されるとか」

「お金のかかること」

「サミットはどこの国もお金を使います。イベントですよ」

フローラが辟易《へきえき》とした表情を浮かべる。

彼女が首相となる以前、十数年前のサミットでは歴史ある王宮や美術館が会場となることが多かった。しかし近年はテロの増加に対する警備上の理由もあり、都心部から離れた観光地のような場所で、ホテルが会場となるサミットが増えている。単なるリゾート施設としか思えない開催地もあり、フローラは個人的な好みとして、過去のように厳かな場所で行う方が良いと考えている。

そういう点では、今回の会場は好みとよく合致していた。

米国のスタッフに案内され、イギリスの一団が徒歩で島内を行く。島の内港部に沿って進むと、茂った木の向こうに煉瓦《れんが》造りの建物が顔を出した。正面まで来て、フローラは風格ある建築を見上げた。

エリス島移民博物館。

現在は博物館となっているこの建物は、元は米国移民局であった。一八九二年に開設されたこの移民局は、アメリカへの入国を希望する移民を六十年にわたって審査し、見送ってきた。その数は実に千七百万人とも言われ、まさにアメリカ合衆国の玄関口と呼ぶに相応しい場所だった。

透明なアーケードの下を通って正面入り口へと向かう。普段なら観光客で賑《にぎ》わう場所だが今はサミット関係者しかいない。フローラは歴史に想《おも》いを馳《は》せながら、床の石板を踏みしめるように進んだ。外観だけでも何十分でも眺めていられそうだった。アーケードの脇に馬鹿のように立っているピカピカで巨大なとんがり（サミット用に造られた高さ七メートルの円錐《えんすい》形のオブジェ。各国のカラーが渦を巻き全体が虹色《にじいろ》になっている）さえ無ければ。

屋内に入り、大ホールに足を踏み入れたフローラは溜め息を漏らす。ところどころにサミット用の設備が入り込んでしまっているが、それでも建物自体のもつ威厳《いげん》が十分に感じられた。煉瓦壁の上に載ったアーチ形の天井は高い。海を渡ったヨーロッパ人がこの広いホールにすし詰めに並んだのだという。新天地への希望を胸に、新世界に向けて。なるほど、今回のサミットにはおあつらえ向きの場所ね、とフローラが得心する。そして同時に思う。

ここは夢を持った移民が送り還された場所でもある。

大ホールの中央に高い衝立《ついたて》で区切られた空間ができている。衝立の間に設けられた入り口から足を踏み入れると、中には円卓とそれを取り囲む椅子が用意されていた。周りではスタッフが各国の国旗を準備している。その様子を眺めている背の低い男の姿にフローラが気付いた。

「アレックス」

振り返った男は眼鏡を上げて微笑んだ。

「フローラ！　ようこそ！」

近寄って握手を交わす。並ぶと二人の身長はほぼ同じだった。

「良いところだわ」フローラが建物の天井を眺めて言う。

「君なら気に入ると思ったんだ」

「小道具にはもう少し配慮が欲しいけれど」

「その辺はマスコミ向けだからね……。警備上の都合もあるようだし」

「エマは？」

「来てるよ。彼女も会いたがってたから、後で寄ってみて」

「そうさせていただくわ」

「しかし大変だったねえ」

「なに？」

「サミットの直前にさ。サウサンプトンが……」

「ああ……」

アレックスの背筋が冷たくなった。フローラの目が据わっている。一瞬で、明らかに、機嫌を悪くしていた。

「それについても話すことになるのでしょうね」

「……嫌かい？」

フローラは奇妙なものを見るような目でアレックスを見た。あなたは何を言っているの、という台詞が今にも飛び出しそうだったが、それは我慢したらしく、ため息を一つ吐いて口を開く。

「大統領。貴方に教えてあげます」

「うん……」

「新域の首長《齋開化》。彼が提唱した新法《自殺法》。そして《自殺》。この三つは、イングランドではたった一つの言葉で表現できるのです」

「一言で?」アレックスは興味いっぱいに聞いた。「それは?」

フローラ・ロウ英首相は美しい英語で答えた。

「〝下品《vulgar》〟」

3

サミットのメイン会場となる移民博物館の裏手には、移民局時代に職員の寮であった建物が隣接している。現在は内部が臨時改装され、サミット期間中のスタッフルームとして使用されていた。

スタッフ棟の一階、もっとも大きな部屋が搬入口を兼ねた総合広間として用いられている。その片隅でテイラーとエドムンドが調整を進めていた。二人の間の卓上にサミットの詳細なタイムスケジュールが置かれている。

「十時半に開幕」

エドムンドが《九月二日》のスケジュールを指しながら言う。

「記念撮影、記念行事を終えて、十三時半からセッション1。G7と経済について」

テイラーが頷いた。エドムンドが続ける。

「十五時半からサイドイベント、記念撮影。十七時からセッション2・3、貿易・政治・

外交について。十九時からカクテルパーティー、そのままセッション4、政治・外交のワーキングディナーだ」

「終了は二十一時過ぎだな」

「明けて《三日》。九時二十分からセッション5、気候とエネルギー。十一時、セッション6、アジア問題。セッション7、アフリカ、開発。すべて終わって」

「十四時に終了記者会見」

「というのが公式予定だが」エドムンドがスケジュール表を指で弾《はじ》いた。「もちろんこの通りにはなるまい」

「やはり自殺法問題がメインになる」テイラーが予想を立てる。「大統領のあの様子だと、セッション1の頭から入れ込んでくるだろう。首脳陣の反応にもよるが、否定されて引き下がる人間じゃない。そのまま2・3……下手をしたら初日はまるごと自殺法問題で終わる」

「ま、そこまでは想定内……」エドムンドが下唇を尖らせる。「問題はこっちだ」

二人が揃ってもう一枚のタイムスケジュールに目を向けた。

《SHIN-IKI SUICIDE SUMMIT》

それはアッパー・ベイ・サミットの裏で行われる《新域自殺サミット》の公式予定表だった。

「向こうの開始は日本時間の三日、十時」エドムンドが二つのスケジュールを揃えて並べる。「こちらでは二日の二十一時になる」

「ちょうど初日の予定が終わる頃に《自殺サミット》が始まる」

「向こうは一日限りだな」

「つまりこちらの二日目がスタートする前に自殺サミットは終わる……初日と二日目の間に入れ込んできている。完全な並行開催」テイラーが唸《うな》る。「狙いは何だ?」

「さぁて……」

エドムンドが卓を指で三回叩いた。

「自殺サミットが先に開催されるなら、結果がこちらへの牽制《けんせい》になるだろう。自殺サミットを後にやるならば、こっちのサミットの結果を受けての対応ができる。が、同時開催ではどちらもできん。そういった利点を放棄しているわけだ。ここから考えられるのは……」

「首脳サミットの結果に左右されない何かを計画している?」

「もしくは、最初から眼中にもないか」

テイラーが眉間に皺を寄せる。「G7サミットだぞ? 自分達が所属する国のリーダーの意思がどうでもいいと?」

「苛立ちなさんな」エドムンドが軽く制した。「真面目なお前さんの感性では考えられんことだろうがな。そもそも相手は自殺サミットに出席するような連中だぞ？」

テイラーが口籠もる。理詰めで生きるテイラーは理外のことに弱い。だからといって理を捨てても、それで理外が解るわけでもない。

「同時開催なら世間の注目度は上がる」テイラーはどこまでも理で推察する。「自殺法サミットの報道を拡大するのが目的という考えは？　こちらのことを意識していない、というポーズも演出の一環なのでは」

「それだけなら御の字だな」

言ったテイラーも同じ想いだった。それだけで済むならば大した不利益はない。

「なんにしろ、警戒だけはしておくことだ」エドムンドが他人事のように言った。「向こうが動いた時にこっちは寝てましたでは笑えない」

「一応手配はしてある」

テイラーが総合広間の隅を指差す。搬入口付近に段ボール箱が積み上がっている。

「設営備品の仮眠用マットレスと毛布をかなり多めに用意させた。簡単なものだが休憩は取れる」

普段のサミットではあまり用意しないだろう代物だった。エドムンドがふふ、と笑う。

「君は本当に話が早いな。じゃあまた後で」

「ああ、エドムンド」

立ち去るエドムンドに、テイラーが後ろから声をかけた。
「補佐官局の分を持っていってくれ」
エドムンドは振り返って顔を顰《しか》めた。
「お前、老人に夜なべをさせる気か」

4

スタッフ棟二階の一室にスタッフ証を付けた人間がせわしなく出入りする。正装の者もカジュアルな服装の者もいるが、その全員が通信機器を耳に装着していて、移動中もひっきりなしに誰かと会話をしていた。そこは通訳スタッフのミーティングルーム兼待機室だった。

サミットでは各国の人間が一堂に会する。また首脳と政府関係者のみならず報道メディアなども大挙して押し寄せる。サミット会場ではあらゆるシーンで通訳が求められ、通訳者がいくらいても足りない状況となる。今回のアッパー・ベイ・サミットにおいても政府は外国語案内ボランティアを二百八十名採用したが、それでも十分な人数とは言い切れず、スタッフが目まぐるしく動き回っている。

しかしそれとは対照的に、部屋の隅に黙々とした一角がある。ミーティングルームとは区切られたその場所では、正装の人間のみがデスクに向かって分厚い資料を読み込んでいた。そこは国務省言語サービス課の専属通訳者の待機場所だった。サミットにおける言語チームの最前線。その中にサム・エドワーズの姿があった。

サムは限りなく集中していた。

自分が通訳になってから最も感覚が研ぎ澄まされていると感じていた。今ならば普段と比べて、より速く、より正確な通訳ができると思えた。大舞台であることがその一因であるのは間違いない。だがそれ以上に、社会情勢の劇的な変化が彼の精神に影響を与えている。

二ヵ月前、日本から自殺法が始まった。

自殺法はそこから世界に飛び火し、今や世界七ヵ国七都市に及んでいる。言語にすれば日・仏・英・独・伊の五ヵ国語になる。たった一つのテーマが多言語でやりとりされている。

言葉の重要性がかつてなく高まっているとサムは感じていた。

同時に通訳にも高い品質の仕事が要求されている。ミスが許されないだけではない。可能な限り正しい、完全なニュアンスを伝えなければならない。自身の言葉選び一つが先方に多大な影響を与える可能性があった。それは自殺の是非、つまり命に関わることだった。

自分の翻訳が誰かの命を絶ってしまうかもしれない。

それは圧倒的なプレッシャーだった。並の人間なら簡単に折れてしまうかもしれなかった。しかしサム・エドワーズは潰れなかった。どころか、力が湧《わ》いてくるようにすら思えた。

元々サムは言葉に対して、命、それに準ずるものを懸けている。

子供の頃、一人の人間の人生を自身の言葉で曲げた。それ以来サムにとって言葉は凶器であったし、生きるための手段でもあった。言葉を話す時、サムはいつも常人とは違う覚悟をもっていた。

だから今の環境は、サムの感覚と社会がようやく合致しただけと言うこともできた。命と言葉が等価に近くなる感覚を、サムは不謹慎だと自分を戒めつつも、心の奥底で心地良いとすら感じていた。

だが誰よりも言葉に向き合ってきた自負と同時に、理想的な、百パーセントの通訳には未だ程遠いと思っている。感覚が鋭敏になるに連れて、その認識はさらに強くなった。

理想を語るならば、通訳者の声は通訳対象者のそれと同じであるべきだとサムは考える。通訳が伝える情報は言語情報だけではない。発声には文章以上の情報が無数に盛り込まれている。トーン、ボリューム、声質、すべてが意思の発露で、すべてが必要な情報だ。極論、彼は男性の通訳を女性が行うこと、またその逆も、あまり良くないとすら思う。

だがそれは本当に極論で、現実には全く適用できない話だった。通訳者の人数は限られているし、優秀な者となれば尚少《なお》ない。その上で性別や声質まで問えばとてもではないが仕事が回らなくなる。自分自身の仕事も制限されることだろう。

サムは小さく頭を振った。集中し過ぎたのか、無益な思考へ流れそうになっていた。今はそんな非現実的な理想を追う時ではない。それに現実にも喜ばしいことはある。

昨日ニューヨークのホテルで、サミット前日のレセプションが開催された。その席でサムはG7首脳に帯同してきた専属通訳の何人かと話すことができた。首脳付の通訳は皆さすがという人間ばかりで、同時通訳という作業に対する意識が非常に高いと感じた。サムは同じ通訳として大いに刺激を受けた。

彼らと仕事ができるのは大変幸福なことだと改めて嚙み締める。サムは襟を正す気分で、再び資料の読み込みに集中した。

5

「七人《The Seven》」

ABSニュースの司会者は強く発声した。スタジオ内の大型モニタにアニメーションが流れ、G7首脳の写真が順番に並ぶ。

《米　アレキサンダー・W・ウッド》

《日　トシオ・フクザワ》

《仏　ギュスターヴ・ルカ》

《加　ダン・キャリー》

《独　オットー・ヘリゲル》

《英　フローラ・ロウ》

《伊　ルチアーノ・カンナヴァーロ》

「我々の世界の舵取《かじと》りは、七人の指導者達の宴《うたげ》・G7サミットに託されました」

七人に掛かるようにテロップが表示された。

《死ぬ権利は認められるのか？》

「ニューヨークはアッパー・ベイに浮かぶエリス島特設会場におきまして、このあと現地時間の午前十時半より、G7主要国首脳会議が開かれます。正確にはここにEU・欧州委員会委員長を加えた八人での会合となるわけですが……」

司会者が隣に座るコメンテーターの男に振った。コメンテーターが頷いて言う。

「EUは貿易などの面で加盟国から一部権限を移譲されていますから、通常のサミットにおいては重要なポジションとなるわけですが。ただ今回の争点に関していえば、影響力は小さくなるのでは？」

「〝自殺法〟」

「そうです。自殺法は個人的な権利を規定する法で、他国への影響は大きくない。スイスの〝自殺旅行〟のような例もありますが、今のところ極一部に止《とど》まっているので。現状は地方自治体の範囲での政策です。EU全体でという段階にはまだ及ばないでしょう」

「つまり今回は実質七ヵ国の議論になると」

「そうなります」

「その七ヵ国はそのまま、自殺法都市を国内に抱える国でもあります。各国政府が自国の自殺法都市にどう対処するのかが注目されています。現状のまとめを」

進行に合わせてモニタの映像が再びアニメーションする。各国の名の下に《〇》《×》《二》が浮かび上がった。

《米　二》
《日　二》
《仏　×　（条件付き）》

《加　○（条件付き）》
《独　―》
《英　×》
《伊　○》
「さて……」司会が難しい顔で振る。「どう思われますか？」
「各国とも意外なほど慎重ですよ」
コメンテーターが手を組み、身を乗り出す。
「明確な肯定と否定を打ち出したのはイタリアとUKのみです。イギリスはサウサンプトンが導入を表明した即日に否認の意思を明確にしました。イタリアは〝ご自由に〟。国家のカラーが出ましたね」
「フランスとカナダが条件付きの方針を表明しています」
「フランスは基本否定なんですが、イギリスほど強硬的でなく話し合う余地があるという感じですね。カナダはその逆で、基本的には自由権利を認める・しかしやり過ぎは困る、というポジションです。カナダのダン・キャリー首相はLGBTの支援者でもあって、文化的多様性は迫害されるべきではないという思想なんですね。ただ〝自殺〟をそういった多様性として認めるという明言はまだ避けています。決めかねているという意味では保留の国に近い位置かもしれない」

「保留、未決定は三ヵ国です」

「ドイツはこの問題について丁寧な議論を望んでいるようです。拙速は望まないと」

「問題の発端となった日本の姿勢は？」

「日本はこれまで言葉を濁していますが……。自分からは動けないというのが実情でしょう。流れが否定に傾いた時に当事国として責任を取らされるのを恐れている。被害を抑えるためにも最大の同盟国である合衆国と歩調を合わせたい」

「しかし当の合衆国が……」

「保留です。だからこそ決められない」

「今回議長国でもありますアメリカは、どういった方針を選択するのでしょうか」

「正直、読めませんね……」コメンテーターが首を振る。「大統領がこの問題についてどういう意見を持っているのか、今日まで全く表に出てきていない。ホワイトハウスは頑《かたく》なに沈黙しています。まあ現政権はどの問題に対しても概ねそういった対応ですが」

「サミット終了後に方針表明があるでしょうか？」

「さすがにあると思いますよ。決めるためのサミットでもある」

「予想は？」司会者がわざとらしく探る顔で聞いた。「アメリカの道は肯定ですか？　否定ですか？」

「あるいは、まだ見えない第三の道を提示してくるかもしれません。私自身、現大統領の考えに及んでいるとは思えませんのでね。なにせ彼は」

コメンテーターは苦笑しながら言った。

「考える人《The thinker》だ」

6

「そっちは大丈夫そう？」

SS付きの控《ひか》え室《しつ》でアレックスが電話をかけている。通話の相手はエマだった。

サミットに同行しているエマはエリス島ではなく、同じアッパー・ベイ内のガバナーズ島にいた。各国首脳と共に来米した配偶者をもてなす〝ファーストレディ外交〟が彼女の仕事だった。

「肩が凝《こ》るわ」

電話の向こうのエマが不満を隠さずに言った。

「まだ始まってもいないのに」

「考えただけで凝るわ」

アレックスが笑う。ファーストレディの仕事は完璧にこなす彼女だが、仕事の好き嫌いは厳然として存在している。ＶＩＰのおもてなしなどは最もやりたがらない仕事の一つで、それこそフローラと歯に衣着せぬ話をしている時の方がよほど楽しそうだった。

「じゃあまた夜に」

一日目の終わりには大統領夫妻主催という名目のカクテルパーティーがあり、エマとはそこで会える予定になっている。

「アレックス」話を終えようとしたところでエマが言った。「夜のパーティーはどちらでもいいわ」

「うん？　どういうこと？」

「私のことは気にしないで、ということ」

エマの話を噛み砕く。確信はないけれど多分そういうことだろうという結論に至った。

エマは柔らかい声で言った。

「楽しんで」

「ありがとう」

礼を言ってアレックスは電話を切った。なんだか少し心が弾んでいた。妻が用事で留守にしている間に、つかの間の一人暮らし気分を味わう夫がこんな気持ちなのではないかと思う。

「大統領」

控え室の入り口でSSが呼んだ。その後ろに、案内されてきたダークスーツの男が立っている。

正崎善捜査官が日本人らしく、堅苦しく頭を下げた。

「やあ。待ってたよ」


アレックスは正崎を連れて移民博物館の中庭に出た。並んで歩く二人から数メートルの距離にはSSが付き従っている。

中庭には円形に道が敷かれている。円の内外に植えられた木々が夏の日差しを遮《さえぎ》って木陰《こかげ》を作っていた。

「木の向こうになるべく出ないでくれって言われてる」アレックスが指差して説明する。

「陸地から狙撃《そげき》される危険があるからって」

「対応されていないのですか」

「もちろんしてるさ。ニューヨーク側とニュージャージー側合わせて警官八万人だよ？狙撃なんて不可能だと思うけれど、万が一を考えてって」

「私でもそうお願いするでしょう」正崎が言う。「どんなことにも万が一があります。備えるに越したことはない」

「そうだねえ」

少しの間の後、アレックスが口を開く。

「ごめんよ」

「なんでしょうか」

「僕の判断が遅かったから」アレックスは立ち止まって正崎を見た。「日本に行きたかっただろう？」

アレックスが詫《わ》びたのは《新域自殺サミット》の捜査に関する話だった。

四日前、齋開化のサミット提唱があった。それを受けてＣＩＡは日本での諜報《ちょうほう》活動を拡大していたし、ＦＢＩからも捜査員の追加派遣が決まった。

だがそれに正崎は選ばれなかった。アレックスの権限で正規の捜査官になったとはいえ、すべての希望が叶《かな》うわけではない。ＦＢＩ・ブラッドハム長官は、正崎を日本に送るのはまだ早いと判断し、選考から外した。

アレックスが無理を通せば行かせることはできたかもしれない。だがＦＢＩはあくまでブラッドハムの領域であり、彼の判断にも信頼を置いている。結果正崎は《新域自殺サミット》の捜査に加われず、未だ合衆国に留まっている。

そのことにアレックスは負い目を感じていた。正規捜査官として認めるのがもう少し早ければ、ブラッドハムの判断も変わったかもしれないと思っていた。

「貴方のせいではない」

正崎は明瞭に否定する。

「数日早まったところで同じです。まだ私は信頼を得られていません。海外捜査には回されなかったでしょう」

「そうかもしれない。けれど……今晩から日本は自殺サミットだ。六市長は全員出席を表明した。メディアも注目する中で、齋開化が何かするかもしれない。そこに……」アレックスは躊躇《ちゅうちょ》しつつ言った。「君の追っている女がいるかもしれない」

正崎の瞼《まぶた》が落ちる。瞳に暗いものが落ちる。

海風が吹いた。木の葉がにわかに揺れ、ゆっくりと収まっていく。

「私は……」

正崎は静かに言った。

「FBIの捜査官となり、銃を携行し、曲世愛をこの手で葬ろうとしていました。やらなければならない、必ずそれをやると決めていました。ですが……」

正崎は目を開き、アレックスと向き合った。

「貴方と話して、銃を与えられた。そうなってから、ようやく気付いた。私は大切なことを忘れていた」

「……それは？」

「正義とは、〝正義とは何か〟を問い続けること」

アレックスは一つ瞬いた。

今、とても大事ななにかを聞いたような気がした。

「曲世を追うのをやめてはいけなかった。曲世を殺すと決めてもいけなかった。どちらも問うのをやめただけだ。正義を捨てただけだ」

正崎がスーツの左胸辺りを押さえる。

「ここに『二つ』入っています。自分がもってきたものと、貴方から与えられたもの。貴方の命令によって、私は今も迷っている。どちらを選べば良いのか考え続けている。だから今も、正しくいられている。貴方のお陰です、大統領」

正崎はほんの僅かに微笑んでいた。アレックスは困ったような顔で笑い返した。

正崎を初めて見た時、兵士のような目の男だと思った。合衆国には多くの兵士・軍人がいて、彼らはみな合衆国の平和のために働いている。必要な仕事だし、尊敬もしている。けれどアレックスは同時にこうも思っている。誰も兵士にならないでもよいならば、きっとそれが最善なのだと。

彼は兵士にならなくていい人間だ。

アレックスは自分の渡した銃が懐で眠り続けることを祈った。

中庭の植木が途切れるところまで歩いてから、二人は引き返した。移民の名前が彫り込まれた《名誉の壁》の前を通って戻る。

「なぜ私をサミットに？」

正崎が聞いてきた。彼がエリス島に来たのは、アレックスの召喚によるものだった。

「新域のサミットがあるからねぇ。齋開化を一番調べてきたのは君だから、ある種の専門家・アドバイザーとしてが一つ。もう一つはまあ僕の感覚的な話なんだけど……。君がなにかヒントを持っているような気がしたんだよ」

「ヒント、とは」

「今回の議題について」

「自殺法？」

正崎が難しい顔になる。

「私は元々一介の検察官です。法的なことならまだしも政治は専門外ですし、ましてやサミットに集まるのは世界のトップだ。何かの助けになれるとも思えない」

「そんな偉そうなもんじゃないけどね……」

「昨日のテレビ報道でも、〝七人の王〟《Seven kings》と」

アレックスが「ん？」と引っ掛かり、それから得心する。

「それは誉めたんじゃなく、皮肉ってるのかなあ」

「そうですか？」

「聖書は？」

正崎が首を振った。

アレックスは思い出す。聖書の中で唯一、予言の形をとっている文書のことを。

「黙示録に〝七つの頭の獣〟が出てくる。その頭は冠をかぶっていて、これが〝七人の王〟だと書いてあるんだけど。まぁ……あんまり良い存在じゃないよね。古代ローマの七人の皇帝を表してるとか言われてて。最後は滅びに至るとか、そんな」

「そういう意味だとは……」

正崎は困ったような顔で答える。

「ああいや、その番組で言ったのは違うかもしれないよ？　僕が穿《うが》ち過ぎなだけかも」

アレックスが取り繕った。別に正崎を責めたわけではない。

「そうだ、あとその獣には……」

そこまで口にしたところで移民博物館の裏口に着いてしまった。アレックスは話を打ち切って正崎と別れた。時間的な余裕が無かったからであったが、話さなかった理由はもう一つあった。その話をすると、正崎にまた例の存在を思い出させてしまうかと思ったからだった。

黙示録の獣の背には、女が乗っている。

聖なる者達の血に酔いしれるというその女は、最後は神によって焼かれ、裁かれる。

その女を。

《大淫婦《いんぷ》バビロン》という。

V.

1

——13:00

大きなガラス窓の入った同時通訳ブースの中で、サムは相手国の通訳担当者と最後の打ち合わせをしていた。

通訳ブースは狭い。二人が並んで座るだけの机と椅子があり、卓上には必要な機能のまとまった通訳者ユニットが二台置かれている。残りは小型モニタとヘッドホンで、これがブース内のすべてだった。

席にはすでに二人の男が座っている。どちらもサムではない。サムは立ったままで、二人に段取りと連絡法の説明をしている。巨軀のサムが入ると、部屋は幼児が遊ぶ玩具《おもちゃ》の家のようだった。

今回のサミットにおいては、基本的にサムが首脳会談用の同時通訳ブースに入ることはない。

会議の同時通訳は英語を基準語としたリレー通訳形式で行われる。まず各国代表が話す。帯同の専従通訳が母国語を英語に変換する。相手国の専従通訳はその英語を聞き取って自分達の母国語に変換する、という流れになる。

つまり基本的には、各国代表が帯同してきた専従の通訳チームだけで会議は成立することになる。英語を公用語とする合衆国、英国、カナダは、作業がさらに少なくなる。

そういったシステムの中で、国務省言語サービス課のサムの役割はといえば補佐的なものであった。会議の同時通訳以外の場所で担当語を翻訳する、現地報道の翻訳、担当語国の専任通訳に問題が発生した際の代替要員となる等。

それに不満があるわけではない。補佐とはいえ重要な役割であり、仕事の量も非常に多い。ただ心の片隅では、各国首脳が発する世界一重い言葉達の通訳をしてみたいという気持ちはあった。だがそう思ったところで、自分が相手国の専従通訳と替われるわけではないし、相手の通訳の仕事を尊敬もしている。

「では何かあればご連絡を」

丁寧に挨拶をしてサムは同時通訳ブースを出た。すぐに次の現場へ向かう。仕事は山積みだった。

―― 13：20

移民博物館内の閣僚待機室で、テイラーとエドムンドが会議の開始を待っている。最初のセッションのスタートは十分後に迫っていた。

「テスティング、1、2、3……」

マイクの最終確認音声が二人のイヤホンから流れた。直近の関係者は傍聴者《Observer》として、首脳達のセッションの音声を聞くことができる。映像も俯瞰《ふかん》の固定カメラではあるが届いている。しかし会議の中に加わることはできない。

通常ならば、サミットの議場には首脳一人に対し個人代表と呼ばれる人間（シェルパ）が一人付随する。だが今回、議場にシェルパの姿はない。首脳八名中四名から図ったように同様の提案がなされ、残り四名もすぐに承認した。セッションの間、会議場は首脳だけの空間となる。その代わりとして音声傍聴が導入された経緯があった。

「どう影響してくるか」

テイラーが呟いた。

「そりゃ盛り上がるさ」エドムンドは意を汲んで答えた。「殴りかかっても止める奴がいないのだからな」

——13:25

無数のフラッシュが明滅した。

円卓についた八名が揃って、記者団の方向に笑顔を向けている。G7首脳にEU・欧州委員会委員長ジレ・アッカンを加えた、サミットの全メンバーであった。

移民博物館大ホールの中央に造られた特設会議場で、セッション前最後のメディア対応が行われていた。光が収まり、スタッフの誘導で記者団が退室していく。

八人銘々が、卓上のイヤホンを耳に装着した。

スタッフが足早に動き、特設議場を取り巻くパーティションの一枚を移動させた。入り口となっていた箇所が閉じられていく。大ホールの中央に、隔離された会議場ができあがる。

最終確認を終え、スタッフ全員が大ホールを後にした。

——13:30

「セッション1は」

ジレ・アッカンが口を開いた。政治家というよりは官僚然とした男だった。

「G7の結束について?」

「うんうん」仏大統領ギュスターヴ・ルカがわざとらしく頷いた。「そうだな。サミットのスタートは必ずその話と決まっている。我々G7が一枚岩であることをきちんと世界に示さねば。な?」

　誰にではなく、場の全体に呼びかける。だが反応はない。沈黙があった。

「ルカ」

　ようやく答えたのはフローラ・ロウ英首相だった。

「なんだい、マダム・ロウ」

「慎《つつし》みなさい」

「慎む? 慎むだって?」ルカが驚いた顔を作ってみせる。「慎んでいるさ。我がフランスは」

　何人かがにわかに反応した。

「貴方の国が最も慎んでいるのは認めよう、フローラ。しかし慎めと言うべき相手は、他にいるのではないかな?」

「その論法だと、ルカよ」伊首相ルチアーノ・カンナヴァーロが冗談めかした笑顔で参加する。「一番慎みのない国はイタリア《うち》ということになるじゃあないか」

「なにか訂正があるかね?」

「いいや。〝慎み深さ〟と〝貧窮〟を混同さえしていなければそれでいいさ」

「金があれば誰も自殺などしないとでも？」

「少なくとも、金が無いよりは」

「静まりたまえ」独首相オットー・ヘリゲルが泰然と制する。「我々は互いの国を非難するために集まったのではない」

うんうん、と頷いてダン・キャリー加首相が身を乗り出した。俳優のような甘いマスクの男で、四十一歳という年齢は参加者中最も若い。

「ここにいる全員が、自国に自殺法都市を抱えています」若い政治家が爽《さわ》やかな声色で言う。「自殺法は本サミットの最大の課題です。世間の関心もその一点に尽きる。予定を変更して自殺法の議論から入るのはベターな選択だと思います」

ルカは舌打ちした。言っていること以上にダンの話し方が嫌いだった。

「フクザワ首相は？」フローラが話を向ける。

日本・福澤俊夫《としお》首相はここまでずっと神妙な表情で黙り込んでいた。顔は長く、髪の後退で額が広い。G7中最年長、七十一になる老軀《ろうく》の政治家は沈鬱《ちんうつ》な表情で口を開いた。

「各国の皆様のご意向なら、私は異論ありません」

聞いたフローラがため息を吐く。一人だけ首脳ではなく執事のようだった。開始前からディスアドバンテージがある立場とはいえ、慎み過ぎも問題だと思わせられる。

「わかったわかった」ルカが手をひらひらと振る。「ならさっさと話して、さっさと結論を出そうじゃないか。全会一致になればそれがそのままG7の結束の表明だ。セッションも予定通り進行するというわけだ」

「あはは」

全員が顔を向けた。妙な笑いを漏らしたのは、アメリカ合衆国大統領アレキサンダー・W・ウッドであった。

「なんだ」

「いやあ」アレックスは楽しそうに言った。「本当にみんな、この話がしたくてたまらないんだなぁと思って」

「おい、うるさいぞ、お前！」

「さあ、ルカ」

アレックスが目を輝かせる。

「始めよう」

——13:40

「まず」

ジレ・アッカンが自然に話を切り出す。会議の空気から一線を引いた冷静な口調だった。「各国がそれぞれのスタンスを表明されてはいかがですか。自殺法、その支持と不支持について」

「EUが司会か」とルカ。「委員会《コミッション》は中立かね、アッカン」

「欧州連合基本権憲章の規定上、そうならざるを得ないでしょう」

「助かるよ」カンナヴァーロが同意する。「ここから二十三ヵ国も相手が増えたらたまらんからな」

各国首脳もEUの進行を目で肯定した。

「では最初は……」

「私から」

全員の目がそちらに向いた。アッカンの進行を待たずに声が上がった。

加、ダン・キャリー。

「この場では若輩の身です。後に皆さんの教えに倣うためにも、先陣を任せていただきたい」

ルカとカンナヴァーロが冷たい目で見る。丁寧な言葉を自信たっぷりの顔で使う男だった。慇懃《いんぎん》無礼《ぶれい》にも近かった。しかし自信の無い者に一国の長などは務まらず、そういう点でダンは正しく政治家と言えた。

「我がカナダは、自殺法を認める精神を持っています」

ダンが流暢に話し始める。

「自殺の自由とは、人類が成熟する中で発生した多様な選択肢の一つだと考えます。新域選挙の放送において、首長の齋開化氏は〝同性愛〟に触れました。我がカナダは同性愛への先駆的政策でも知られている。性に対する認識の変化は人類の進歩の一つなのです。たとえば性自認《ジェンダー・アイデンティティ》という意識です」

「性自認?」オットーが聞き返す。聞きなれない言葉だった。

「生物学的な性別とは別に、自身が自身の性をどう考えているかということです。男性が自分を男だと思うか、女性が自分を女だと思うか」

「それは性同一性障害の話?」フローラが聞く。

「今はその文脈で語られることが多いですが、本来はもっと広範なものです。話の本質は、我々の文化的成熟が先天的身体の拘束を追い抜きつつあるということだ。『男の身体だから男らしく振る舞いなさい』という一文がもはや時代遅れになっているのです。文化的動物である人間は、生物的拘束によらず性を選択し、振る舞いを選択する自由がある。権利がある。それは人権の一つとして認めるべきでしょう」

「ふむ、つまり君は……」カンナヴァーロが口を挟んだ。「〝寿命まで生きる〟というのも一つの〝拘束〟だと言いたいわけか」

「その通りですミスター・カンナヴァーロ。死のタイミングを選べることは、寿命という身体的拘束からの脱却です。当然ですが、積極的に自殺を勧めるわけではない。しかし寿命の前に死ぬという選択は、価値観の一つとして容認すべきです」

「誰からも嫌われたくないだけではないのか？」ルカが斜に構えて言う。

「好き嫌いの話になることが危険なのです！」ダンが声を上げる。「最も恐ろしいのは少数派に対する差別が生まれることだ。差別は闘争を、闘争は戦争を呼ぶのです」

「はん……」ルカは鼻で笑った。「さすがお若い代表ですな。考え方が柔軟だ。しかし若さは同時に、不可避の愚かさを孕《はら》むものだと思わないかね？　キャリー首相」

「私が愚かだと？」

ルカが手を組んで円卓に乗り出した。自分が話すという意思表示だった。

「カナダの考えは、〝自殺するのは少数派〟という前提の上に立っている」

ダンの頰がぴくりと反応した。ルカは続ける。

「同性愛者も自殺者も同じだと思っている。マイノリティは保護せねばと考えても、それがメインストリームになるとは露ほども考えていないのだ」

ルカが手の平でダンを指す。

「認めるというならば考えてみろ。同性愛者が多数派になれば当然国は滅びる。国民が生まれないのだからな。自殺者も同じだ。死ねば減る。少数でいるうちは付き合いもできるだろうが、数が増え始めれば止める他に手はないさ。いいか、キャリー。国の上に立つ者には五十年百年の判断が必要なのだ！」

ルカが強い声を上げた。ダンの返答を待たずに続ける。

「我がフランスのスタンスを表明しよう。自殺法は認められない。直近でも将来的にも、社会に悪影響を与える可能性があるならば、それは排除するべきだ」

「排除というが、自殺法都市はすでに七ヵ所に上っている」オットーが聞く。「これらに対して現実的にどう対処する気だ」

「現実的な方法で対処するのさ。政治家としてのな。反対だと息巻いて正面からぶつかる必要などない。賛成だ反対だと大騒ぎすること自体が間違いなのだ。まず現行の自殺法都市は基本無視だ。代わりに他の都市の手綱をきちんと握っておけばいい。これ以上追随者を出しさえしなければいいのだ。なに、地方自治体の〝管理〟など普段からやっていることさ」

ルカが簡単だとばかりに肩を竦《すく》めた。

「そうすれば後は放っておくだけで、自殺法都市など三十年もしないうちに滅ぶ。なにせ向こうは自殺していくのだからな。負の因子《マイナスファクター》があれば減衰するなど、子供でも解ることだ」

ルカがうんざり顔を作って見せる。

「全くなんなんだ……。私は世界の首脳に引き算を教えるためにニューヨークくんだりまで呼び出されたのか?」

「なるほど」

口を挟まれ、ルカが眉根を寄せてそちらを向いた。

ルチアーノ・カンナヴァーロは皮肉な笑みを浮かべている。

「どうもフランス大統領は、政治を加減《プラスマイナス》だけで考えておられるようだ」

「なんだと?」

「自殺がマイナスと断定するのは、至極短絡的ということだよ」

円卓の視線がカンナヴァーロに集まる。コメディアンのような愛嬌のある男だが、その実は実業家であり、資産家であり、何より一国のトップとなった政治家である。

「価値観が変化するものなのは常識だ。二十年前、無料で物を配って儲《もう》けようという人間はいなかった。だがネットワークが発展した短い期間で社会の価値観は劇的に変わった。検索エンジン、ソーシャルネット、現代で大きな収益を上げているものは皆、無料を軸に収益事業化《マネタイズ》されたものなのは理解できるかね?」

「貴様の好きそうな言葉だ、カンナヴァーロ」ルカは冷たい目で見下した。「イタリアは自殺法がいくらになるかで舌なめずりか?」

冷淡な視線を向けたのはフローラも同じだった。

カンナヴァーロは英仏《えいふつ》の軽蔑《けいべつ》を涼しい顔で受け止めている。

「私は元々商売人なもんでね。君らのような〝この世から金を抜きにして考える〟という狂った信仰は持ち合わせていないんだよ」

カンナヴァーロは余裕を見せるように椅子にもたれた。

「私とイタリアのイデオロギーは明確だ。自殺の肯定と否定は国が決めることではない。よって政府として自殺法を立法することはないし、逆に地方自治体が成立させた自殺法を廃絶することもない」

「それは中立という意味か？」とオットー。

「〝解放〟という意味だよ」カンナヴァーロが指を振った。「自由にさせるのさ。良いものなら発展するし、悪いものなら消える。政府が意思を持って操作しようとしたところで歪みが生じるだけだ。市民を馬鹿にしてはいけない。自分達の幸福くらい自分達で選び取るだろうよ」

「自由主義の盲信だ」とオットー。

「民主主義よりは結果が良いと思うがね」

「誰もが善性に則《のっと》って社会幸福に向かう選択をするとは限らないのでは？」ダンが懸念を口にした。「収益化に目がくらみ、人の命を食い物にするような人間が出てくるかもしれない」

「出てくるどころか、すでに目の前にいるではないか」ルカが顎で指す。カンナヴァーロは気にも留めない。

「自殺法に乗じて儲けようと企む人間《たくら》が現れるのは、実に自然なことだ。儲かっていいのだよ。悪いことさえしなければな。多くの人間は儲けることと悪事を夫婦だと思っているが全くの認識違いだ。金ももらわず人のために働くという奴の方がよほど信用ならない。もし自殺法が利益を生むならば、それは善だ」

「成金《parvenu》もここまでくると清々しい」とルカ。

「政治は金が掛かるものだよ。自殺法がビジネスとして成立し、その〝業界〟が大きくなるとしたら君達も無視できなくなる」

「ねぇカンナヴァーロ」話に入ってきたのはアレックスだった。「ビジネスというと、具体的にはどういうビジョンが想像できるの？」

「アレックス……」フローラが忌々《いまいま》しげに言った。この話が心底嫌いだと全身で訴えている。

「いや、だって……気になるじゃない」

「君のそういうところは大好きだアレックス」

カンナヴァーロが悪巧《わるだく》みする子供のような笑みを浮かべて話す。

「〝自殺ビジネス〟は色々想定できるが。まず新域ですでにやっているのが自殺用新薬の販売だな。自殺支援センターも始まっている。現在は公的な社会サービスだが、民間に広まれば市場となる。だがなアレックス、自殺ビジネスの最大の強みは《死の平等性》だよ」

「平等性？」

「たとえば赤ちゃん業界は乳児と家族が対象《マーケット》となる。スーツ業界は労働世代が対象。化粧品は女性がメイン、性風俗は男がメインだ。ビジネスの多くは特定の層を対象とする」

アレックスが頷く。カンナヴァーロの言いたいことが見えてくる。

「しかし自殺は老若男女を問わない行為だ。物心ついた頃から死ぬ直前まで、人生の大半の期間で自殺が可能だ。わかるかね、アレックス！　自殺を扱うビジネスは、人類のほぼ全員を市場とする超巨大業界に成り得る可能性を持っているのだよ！」

――14:20

くく、とエドムンドが笑った。カンナヴァーロの言は、一国の首長の発言としては到底公表できないような内容だ。

「建て前も何もあったものではないな」

「ノーガードの殴り合いだな……」テイラーが息を飲む。表情に期待と不安が入り混じっている。「この調子でやりあって会議後の友好関係《パートナーシップ》が維持できるのか?」

「取り返しがつかないくらい本気でやりあってもらわんと困るさ」

エドムンドもイヤホンを付け直した。一言でも聞き逃してはもったいないと思っていた。

「なにせ世界と人類の行く道を、たった二日で決めようというんだからな」

――14:30

「自殺法をベストな形まで洗練させるには、経済の洗礼が必須《ひっす》だよ」

言いたいことを言えたらしいカンナヴァーロが意識的に自分を抑えた。口調に冷静さが戻る。

「政治だけで決定してはならない。少なくとも官民連携の対応が必要だ。そういう点では」

カンナヴァーロが目を向ける。視線の先にはオットー・ヘリゲルの姿がある。「ドイツの現行法は、全く理解できない」

全員の視線がオットーに集まる。カンナヴァーロが続けて聞く。

「《業務上の自殺幇助を罰する》でしたかな?」

「そうだ。組織的な活動を制限している」

「意味がわからない」カンナヴァーロが首を傾げる。「ドイツ法で自殺が違法行為でないなら、それを仕事にするのも儲けるのも自由だ。現行法はダブルスタンダードでしかないわけだ。それについて何か釈明がお有りですかね?」

「うむ……」

オットーは卓上で手を組んだ。落ち着いた様子だった。

「イタリアからの問いの答えも含め、我がドイツの意思を明らかにしよう」

円卓の全員に広く向く。G7の中で福澤に次ぐ二番目の年長者は、年若い首脳達に静かに語り始めた。

「カンナヴァーロの言う通り、現行法はダブルスタンダードと評されても仕方のない状態にある」

カンナヴァーロが虚を突かれた。「認めるのか」

「現行法は、当時提出された改正案の中の〝中道〟であることは認めざるを得ない。死ぬ権利と自死援助についてドイツは明瞭な方針を決めかねていた。結果採択されたのは禁止と自由化の中間方針であり、それから今日まで保留の期間が続いている。だが今日、このサミットにおいて私は一つの答えを出したい」オットーが言う。「私はドイツ連邦共和国首相として、自殺の権利を認めたいと思う」

「ヘリゲル首相っ」フローラがたまらず声を上げた。

「正気か」ルカも顔を顰める。

カンナヴァーロやダンも驚嘆の表情を浮かべていた。ドイツの選択は保守に落ち着くだろうという思い込みがあった。

「カナダが提示した多様性保護に共感したわけではない。イタリアの主張する経済的利点に魅力を感じたわけでもない」

「なら」アレックスが聞いた。「なぜ?」

「私は自殺法に対するスタンスを保留してきた。熟考していたからだ。納得の行くまで考え、確固たる自信の下に正しい答えを選び取ろうとしてきた。しかし今、サミットの席においても明確な答えは出ていない。自殺の権利を認めるべきかどうかがわからない。だから私は」

オットーはフローラと目を合わせて言った。

「この問題について、もう少し考えたいのだ」

フローラは黙って聞いている。

「そして気付いたのだ。自殺法を否定すればそれが叶わないことを。禁止すれば自殺法の無い世界が舞い戻るだけだ。自殺の権利を認め、法を実際に運用して初めて検討が続けられるのだ。本当に正しいものかどうかわからない。だが見込みだけで否定してはいけない」オットーは自信溢れる言葉で言った。「私とドイツの自殺法支持は、これから精査を続けるための〝積極的保留〟である」

「国民の命を使った実験ではないかっ」ルカが食ってかかる。「結果が間違いであったならどうする気だ」

「判断と結果には、責任と覚悟を負う」オットーは揺らがない。「自殺法だけではない。すべての政治家が常にそうではないのか、ルカよ」

ルカが言葉を飲み込む。ドイツの強硬な姿勢ににわかに押されていた。

オットーの主張を聞いたアレックスは、今日この島に来ている捜査官のことを思い出していた。

二人の主張はよく似ていると思った。

オットーも彼も、正しい道を探し続けている。

「なげかわしい」

よく通る声が円卓を通過した。

「貴方がたは本当に、一国の頂点に立つ人間なのですか?」

英首相フローラ・ロウが冷たい目で言い放った。軽蔑を隠さない見下しの目つきだった。

「姫はご不満があるようだ」カンナヴァーロがわざとらしく首を傾げる。

「我々の政策議論は程度が低いですか？」ダンが聞いた。

「程度が低いのは間違いありません」フローラが躊躇なく言う。「しかしそれは政策の内容の程度ではありません。もっとも下劣なのは」

フローラは敵意をもって全員を見据えた。

「貴方がたの品性です」

数人が眉をひそめる。明らかな侮蔑《ぶべつ》だった。フローラは反応を無視して続ける。

「言うまでもないことですが、この場にいる人間は権力者です。社会から力を与えられた者です。そして力を持つ者が社会的な責任を同時に負うのもまた当然のことです」

「〝貴族の義務《noblesse oblige》〟か」

ルカの合いの手が入る。フローラは静かに頷く。

「力を持つ人間は、その行動に義務を負う。上に立つ者は社会的規範とならねばなりません。市民は私達の振る舞いを見て、正しい道とは何かを知るのです。私達は教えねばならない。人間が忘れてはならぬ大切なことを」

オットーが聞く。「それは？」

「〝死は悼むもの〟」

フローラが告げた。

それはこの場の全員が、世界の誰もが知っていることだった。

「死を悼む気持ちを持ちなさい。他人の死を嘆き、悲しむ気持ちを持ちなさい。それは人が生きる上で必ず必要なものです。自死であろうが老衰であろうが関係ありません。どんな人間のどんな死をも悼む。それが道徳であり、それを持つことがすなわち品性です。自重なさい。貴方がたは今、寄って集《たか》って命を貶《おとし》めようとしている」

「しかし」ダンが口を開いた。自然と逆接になっている。「それはある種の思考停止ではないですか？　昔からこうだ、これからもこうするのがいいと決めつけているだけでは」

「そう、その意識の改革こそが自殺法の本質だよ」カンナヴァーロが続いた。「これは人類の新しい挑戦なのさ、ロウ首相」

　フローラは長い息を吐いた。まずダンを見遣る。

「頭が停止しているのは貴方です、ダン・キャリー」

　ダンが眉根を寄せる。フローラは続けた。

「センセーショナルな議題を与えられて興奮しているだけよ。頭が動いていると言うのならさらに進みなさい。自身の選択の先を想像なさい。貴方が、貴方の愛する家族の死を悼むことになるその前に」

　ダンの顔から勢いが落ちる。想像させられていた。心が痛むような場面を。

「それともまさか貴方は、この場で私に〝メリット〟とやらを説明しろとでもいうの？　大の大人に向けて、なぜ死を悼むべきか、死を悼むとどんな良いことがあるのかを教え諭せというの？　愚かなこと。なんて愚か！」

フローラは続けざまにカンナヴァーロに向いた。

「挑戦？　どこまでも美しく言い換えられるものね。権力者の資格がありません。詐欺師《さぎ》にでもおなりなさい。自殺の権利の法制化は挑戦などではない。人間に対する〝宣戦布告〟です」

「ほう」カンナヴァーロが目を開く。「まさかイギリスは、自殺法導入国と戦争をするとおっしゃる？」

「我がイングランドは女王陛下の名において、自殺法を絶対に認めないでしょう」フローラはどこまでも冷静な声で言った。冷酷ですらあった。「ここに居並ぶ国々との友好《パートナーシップ》を破棄することになろうとも」

「いけない」

全員の視線が流れた。

その発言は、これまでほとんど議論に参加していない日本からのものだった。

「いけません。落ち着いてください、ロウ首相。自殺法で国同士の友好が損《そこ》なわれることなどあってはなりません。ましてや戦争など」

「私は冷静です」フローラが静かに答える。「戦争という言葉にヒステリックな反応を見せているのは貴方の方です福澤首相」

「サミットまで来て日本の戦争アレルギーか」ルカが鼻白む。

「発端はそもそもどこの国だと？」カンナヴァーロも続いた。

「福澤首相」ジレ・アッカンが指名する。「自殺法に対する日本のスタンスを」

日本国首相・福澤俊夫は、腹の前で組んだ手をじっと見つめている。沈黙の後に、福澤が顔を上げた。

「すべての始まりは我が国の地方自治体《新域》であり、自殺法は日本から広がったものです。その影響は計り知れず、今日までに世界中で数え切れない人命が失われました。新域の自殺法宣言は日本政府とは別の意思によるものですが、政府の責任の重大さは変わらないと認識しています」

「別の意思、ね」ルカが言う。「口ではなんとでも言えるが、裏で繋がっている可能性は否定できん。元々日本政府の計画で、不利になったら新域を足切りして逃げる段取りかもしれん」

「いやあ」アレックスが割り込む。「日本は嘘はついてないと思うよ、ルカ」

「貴様のところは同盟国だろうが！」

アレックスが肩を竦めて退いた。悪魔の証明になっては話が進まないと思っていた。

「それで」とフローラ。「責任を感じている日本はどうなさるおつもりなの？　自殺法を認めるのですか？　否認するのですか？」

福澤は奥歯をぐっと噛み締めてから、力を込めて口を開いた。

「日本が……日本政府の意思で自殺法の是非を決定することはありません」

「なんですって？」

「日本は、このサミットで決議された方針に全面的に従うことをお約束します。それが自殺法容認であっても否認であっても、決定を実現するために全力を尽くします。もし新域が否定されるのだとしたら、新域は解体します」

「はっ」ルカは呆れていた。「丸投げではないか！」

「自分の考えというものがないの」フローラが信じられないという顔をする。

「新域の解体とおっしゃいますが」ダンが口を挟んだ。「今の日本の法制でそれができるのですか？　新域は特区だ。権限は大きいはず」

「それを行うための法改正も辞さない」

福澤は強く言い切った。自国の法改正に及ぶ決断を他国の決定に委ねると言っていた。ダンは理解できない様子で首を振る。オットーは福澤の顔をじっと見つめている。その目に非難の色はない。

「ただし」

全員が再び福澤に注目する。

「一つだけ条件があります」

カンナヴァーロが鼻で笑った。「条件？　決定を投げながら、同時に条件を出すと？」

福澤が全員に向く。

「それは〝全会一致〟であることです。このサミットでの決定が、全参加国の共通見解であることとです」

ルカが反射的に怪訝な顔を作った。それぞれがそれぞれの反応を見せる。福澤の言葉の意味を、全員が考えている。

「自殺法が争いの火種になることだけは、あってはならないのです」福澤が真剣な顔で続ける。「自死の権利を認めるか認めないかの過程で、自死以外の死が生まれてはならない」

「戦争嫌いもここまでくると狂気だな」ルカが言う。

「いいえ」

福澤がルカを見返す。

「本当の狂気とは戦争に向かう精神です」

ルカはふん、と鼻を鳴らして椅子にもたれた。「伊達や酔狂ではないらしい」

「争いを望まないのは、我が英国も同じです」

フローラが福澤に言った。その声音に蔑みは無い。

「全会一致を目指すのも、サミットに参加する者として当然のことです。これから我々は正しい結論に向けて、全員で会議を進めます。全員で。福澤首相」フローラが呼びかける。「貴方も当然、その中に加わってくださるのよね？」

「方向を主導できる立場ではありません」福澤が答える。「ですが力は尽くしたい。完全な中立の立場として、微力ながら意思決定の一助になりたい」

それでいい、とフローラが頷いて見せた。執事のような首相はハンカチで汗を拭《ぬぐ》っていた。

「さて……」

ジレ・アッカンが口にすると同時に、全員が同じ方を見た。順番は、もう回らないところまで辿り着いている。

「最後に、議長国であるアメリカ合衆国の方針表明をお願いしたい」

「うん」

アレックスが手の平をすり合わせた。待っていた、と言いたげだった。

「考え終わったか？」ルカが誂《からか》う。「わざわざ最後にしてやったんだ。もう十分過ぎるくらい考えただろう。まあ、どうせろくな方針じゃないんだろうがな……」

「ああ、ええと、ごめん、終わってない」

「……なんだって？」

「じゃあ、僕の方針を」

アレックスが円卓に乗り出す。

議場の空気がにわかに張り詰める。世界一の大国の意思はG6のどの国へも多大な影響を及ぼす。アメリカがついたサイドに天秤が大きく傾くという懸念が、全員の中にあった。

「ええと、この前のことなんだけど」

アレックスはそんな空気を無視して、友達に語るように話し始めた。

「教会で牧師から話を聞いてね」

全員が眉をひそめる。

「牧師?」オットーが聞く。

「そう、十戒の話を聞いたんだけど、それがなかなか面白くって。十の戒律がなんと二つに簡略化できるというんだよ。《神を愛せよ》と《隣人を愛せよ》の二つが全部の根幹なんだって。最初は本当かなと思ったんだけど、一つ一つを自分で考えてみて確かに、なるほどなあと」

「興味深いですが……大統領」ダンが怪訝な顔で聞く。「それは、自殺法へのスタンスと関わりのある話なのですか?」

「そう、それでね」アレックスが続ける。「その時に思ったんだ。問題を解くには、より根源的な位置に立ち返るべきなんだって。十戒はもちろん一つ一つの項が論議の対象になりうるけれど、《神と隣人を愛せよ》までシンプル化できればグッと考えやすくなるんだよ。ああそういう点では、神と隣人も合併して《愛せよ》だけになるのが一番かもしれないね……愛について考えることが十戒の本質なのかな……」

「おいっ」ルカがたまらず口を出す。「脱線するな、話を戻せ」

「ごめん。戻すと、そう、自殺法だ」

アレックスがまごまごと動きながら、行き過ぎた頭を少し巻き戻す。

「自殺法の是非についてはたった今みんなが考えを表明したし、この後には日本で自殺サミットもある。多分そっちでも同じ討議が進むんだろうなと」

「そりゃあ自殺サミットだからな」カンナヴァーロが少し苛立っている。

「向こうも大都市の首長が集まって議論するのだから、きっと実りある話になるはずだよ」

「お前、何が言いたい?」ルカが聞く。

「うん、僕はね」アレックスが全員に向いた。「今日これからみんなで〝自殺法以外の話〟をしたいと思ってるんだ。自殺法に対する答えを出すために」

出席者の動きが止まった。

アレックスが何を言っているのか誰もわからないでいる。

「ええとつまり、自殺法というのは〝十戒〟なんだよ。まだ細かい話、細部の話なんだ。いやもちろん細部は大切だけど、僕らはもっと根本のフェイズの、もっと大枠の話をするべきなんだよ」

「自殺法の是非を判断するために……」フローラが類推する。「問題の根幹を探るべきということ？」

「そう、そう！」アレックスがフローラを指差した。「聞いて！」

手探りだったアレックスが、やっと魚を掴んだとばかりに乗り出す。

「僕はね、最近ずっと自殺法の是非について考えてた。自殺法が善いか悪いか、自殺そのものは善いのか悪いのか、そんなことばかりずっと考えてた。けど答えは全然出なかった。なんでだろう、何が問題だろうって考えて、考え続けて、それでようやく解ったんだ。僕の中には、それを判断する基準がまだ無かった。善いか悪いかなんて決められるわけなかったんだよ。だって僕は、善し悪しが解っていなかったんだから！」

アレックスは興奮していた。各国首脳は未だついていけないでいる。

「つまりこのサミットで僕がみんなと話したいのは」

困惑の首脳達を振り切って、アレックスは言った。


「《善悪とはなにか》ってことなんだ」

セッション1が終了の時間を迎えていた。

―― 15:40

「こちらエリス島、G7サミット会場よりお伝えしています」

ABSのロゴが入ったマイクに男性リポーターが声を吹き込む。移民博物館のエントランス前で、建物をバックにしてカメラに向かっている。ニュース番組のライブ中継のようだった。

「はい、はい……、そうです。事前に発表されているスケジュールでは、セッション1は十五時半に終了する予定になっていました。休憩を挟んで引き続きセッション2のはずですが……」

リポーターが後ろの建物を手で指す。

「現時点では、セッション1が終了したという発表はありません」

間が空き、リポーターが何度か頷く。スタジオと会話をしている。

「はい、大方の予想通り、協議は難航している模様です。公表の通りならばセッション1ではG7のあり方と経済について話し合っていることになります。ただ今回、最大の焦点と目される《自殺法》について、G7各国の足並みが揃い切らないままの開催となりました。またすべての参加国が自殺法都市を有しており、国内・国外への対応を同時に迫られている状況です。そのため各国とも、協議には非常に慎重な姿勢で臨んでいるものと思われます」

リポーターが再びカメラに向き直って姿勢を正した。

「G7の結束をアピールするためにも、自殺法に対して一致した見解を発表できるか。初日の結果に注目が集まります」

――15:42

「馬鹿にしているのか?」

ルカが真顔で言った。

「それとも本物の馬鹿なのかアレックス」

アレックスは微笑んで首を傾げた。

「善悪?」ルカが同じことを繰り返す。怒ればいいのか笑えばいいのか迷うように頬が引き攣《つ》っている。「善悪だと?」

「サミットのこの場で、善悪を問題にするというの?」フローラも同様に聞き返す。「この八人でもって〝善悪〟を定めると?」

「くっは」カンナヴァーロは笑ってしまった。耐えきれなかった。「いや失敬、嘲《あざわら》ったわ

いか？」

「善悪とは、そう容易に定められるものではない」オットーが重い口調で説明する。「一つの答えがあるものではない。善悪の定義と基準は、人の数だけ存在するものなのではないか？」

その問いに、アレックスは衒《てら》いもなく頷く。

「人によって差があるのは、やっぱり一つの答えを出すのが難しいことだからだと思う」

「つまりお前は我々世界の代表に、全く無益な話をさせようとしているわけさ」ルカが罵声《ばせい》を飛ばす。「答えの出ない問答など、中学生か宗教家にでもやらせておけばいい！」

「ちがう、誤解だよ、ルカ」

「なにがだ」

「僕は答えを出すのが難しいとは言ったけれど、答えが出ないとは言ってない」

「お前」ルカもつい口角が上がってしまう。「本気でそれを話そうというのか、この場で」

「僕らは国家の代表だ」

アレックスは全員に向いた。

「国家は法を基準に運営される。法は道徳、つまり善悪の基準を元に作られる。法治国家には、その国家内での善悪の基準が確かに存在する。たとえ不完全だとしてもね。そして」

アレックスが顔を向ける。ジレ・アッカンと視線が合う。

「EUは、そういうバラバラの基準を持つ国家が集まった超国家共同体だ。EUは国を超えて共通の基準を持っている」

アッカンが答える。「リスボン条約、欧州連合基本権憲章」

アレックスは頷き、再び全員を見た。

「欧州連合も、東アジア共同体構想も、超国家的な規模での統一を目指した政治の動きだ。僕はその方向は妥当と思っているし、これからもより進んでいくとも。そう遠くない将来、僕らの世界は一つの国家になるのかもしれない。世界唯一の国、世界国家だ。そしてその世界にはたった一つの法が存在するんだろう。世界市民の道徳を基準として作られた、《世界法》が」

各国首脳は黙って聞いていた。いつのまにかアレックスの話に飲まれている。

「その日までに僕達は、善悪について何かしらの答えをもっていないといけない。立法の根拠となる答え、世界市民を説得できる、普遍的な善悪の基準を見出さないといけない」

「それを考えるのが」アッカンが聞いた。「今だというのですか、アレックス」

「僕はチャンスだと思ったんだ」

アレックスが答える。

「二ヵ月前に自殺法が現れた。僕らは人の生死、人権というものについて否応《いやおう》なく考えさせられることになった。そしてサミットが開かれた。ご存知の通り、サミットには」アレックスはぐるりと円卓を見渡した。「それぞれの国の〝脳〟になるような人間が集まる」ルカが眉をひそめる。アレックスの言は挑発かもしれないし、ただの本心かもしれなかったが、どちらにしろ言っていることは同じだった。

この場に世界の脳が集まっている。

脳ならば考えろ、と。

「アレックス」フローラが口を開く。

「うん?」

「私がついさっき、キャリー首相に言ったわね? 死を悼むとどんな良いことがあるのか説明させる気なの、と」

「ああ、うん、そうだね……」

「なのに貴方は、それどころか、《善い》とは何なのかを、私に説明させる気なのね」

「そういうことになるかな……」

フローラはアレックスを睨みつけながら、魅力的な笑顔を浮かべた。

「いいわ」

フローラ・ロウ首相は、自身の前に置かれた《UNITED KINGDOM》のプレートをぱたんと倒した。

「話しましょう」

ルカが目を見張った。「本気かおい、フローラ」

「もしも今日この場で善悪とは何かが解るというならば、『現状を懸念することで一致』するだけのいつものサミットより遥《はる》かに有益と判断します」

「なるほど」オットーが同じように《GERMANY》のプレートを倒す。「〝世界法〟や〝世界道徳〟について話そうというならば、国の区分けなど必要ない」

ルカが顔に手を当て、大げさに頭を振ってみせる。

「善悪は、自殺に匹敵するスケールの命題だな」カンナヴァーロが《ITALY》を倒す。

「その答えは市場としても大変な価値がある」

イギリス、ドイツ、イタリアの三首脳が揃ってルカを見た。

「どいつもこいつも、あてられおって」ルカは冷たい目で三人を見返しながら、《FRANCE》を転がした。「夢想家共に教えてやる。善悪に答えなど無いということを」

ジレ・アッカンは四ヵ国の行動を確認すると、一つ頷いて《EUROPEAN UNION》を伏せた。

「私はサミット初参加なのですが」ダン・キャリーが楽しげに《CANADA》を伏せる。

「サミットというのは、いつもこんなに面白いものなのですか?」

ふふ、と笑みをこぼしたのは福澤だった。右にならって《JAPAN》を伏せる。「これで全会一致ですかな……」

アレックスは満面の笑みで最後のプレートを伏せ、マイクに向かった。

「テイラー！　聞いていた？」

「ええ、大統領」アレックスがじゃあ、と言う前にテイラーが言う。「報道は対応します。あとは飲み物と、つまめる物を」

「うん」

アレックスは心底から楽しくなっていた。

「これは長くなりそうだよ」

――17:30

テレビの画面が左右に分かれている。左側に映るスタジオの男性キャスターが、右側の現地女性リポーターに呼びかける。

「お願いします」

「こちらD.C.です」リポーターの背後にはホワイトハウスが映っている。「先ほど行われました報道官の記者会見によりますと、ニューヨーク・アッパー・ベイ・サミットでは現在も休憩無しで討議が続けられているとのことです」

「セッション1は経済がテーマのはずですが。やはり〝自殺法〟？」

「内容に関してホワイトハウスから具体的な公表はありません。ですが関係者は概ねそうだろうと」

「各国の足並みが揃わないのでしょうが。しかし多少の延長はあっても、休憩無しで四時間はこれまで記憶にない」

「予定されていた記念行事、記念撮影がすでに中止となりました。スケジュール上ではセッション2の時間へと入っています」

「今から数時間後、ニューヨーク時間の二十一時には、日本でも『新域自殺サミット』がスタートしますが。それに合わせた動きがありそう？」

「わかりません。そういった情報にも全く触れられていません。異例です。異例のサミットです」

――18:00

「善と悪を同時並行で考えるのは難しいと思うのです」ダンが言う。「対立概念だ。片方が定まった時にもう一方も見えてくる」

「そうとは限らないのでは？」とフローラ。「対立概念と思い込んでいるだけで、実は並列かもしれないでしょう」

「何にしろ二項ではあるのだ。一つずつ考えれば良いだろう」カンナヴァーロが指を立てた。「で、どちらからだ?」

わずかな考慮の間の後、オットーが口を開いた。

「法は善を基準とする。悪を基準とした法は無い。善から考えていくのが順当だろう」

一同が頷いた。異論はない。

「さて、善ってなんだろうね」アレックスがさらりと聞いた。

「辞書的な定義から言えば、道徳的に正しいとされることです」答えたのはジレ・アッカンだった。アッカンは博物館の案内音声のような口調で続ける。「道徳とは、善悪と正邪を判断する規範を言います」

「言葉が回っているだけだ」とルカが突っ込む。

「同じ言葉が繰り返し出現するのは、分解の過程ではよくあることだよ」アレックスが言う。「根源に近づくほど同義反復が現れる。それを元にして細部の概念が構築されているから」

続いて福澤が口を開いた。「道徳というのは、社会規範ではないでしょうか?」

「社会の中で生まれてくるものということ?」フローラが考える。

「確かにな」とルカ。「自分以外の誰もいなければ善も悪もない。自分の基準で好きなように振る舞えばいいのだ」

「それは違うわ、ルカ」フローラが否定した。「この世に一人だけだとしても、善悪は明瞭に存在します。たとえば《純粋》であること、《高潔》であること、自身が善たろうと望む心は善です」

「そういうものか？」ルカは半分不信、半分本気で聞き返す。「誇りは善かね？」

「一文にもならん害悪、と言いたいところだが」カンナヴァーロがフローラに向いた。

「フローラ、それも社会性から発現したものだよ。高潔さとは個人の霊性の善だ。それはつまり《神に見せるため》の善さ」

「そう……確かにそうよ。私達の行動規範の根底には神、そういった存在、誰かが見ているという感覚が厳然と存在する。それを無視して悪行を働けば、いつか神罰が下ると」

「日本では〝ばちが当たる〟と表現します」と福澤。「社会判断ではなく、人知を超越した力が働き、因果《いんが》が巡って相応の罰が下る。そうして公平と公正は保たれると」

「ふん」カンナヴァーロが鼻で笑った。八人の中では最も神から遠い位置にいた。「その超越存在とやらの法は信用できそうにないな」

「つまり集団生活の中で形成される、不可視・不文の道徳律があり……」ダンが考えながら話している。「それを我々は神の目と感じたりしながら、それに沿って個人が善悪を判断していると？」

「うーん……」悩みの唸りを上げたのはアレックスだった。「ねぇ、神の話を聞いていてちょっと気になったんだけれど……。道徳、善というのは〝人間にしかないもの〟なのかな?」

「それは、自明でしょう?」フローラが真顔で返した。「動物に善悪などないわ」

「《集団》が善悪の発露の要因となるなら、集団生活を営む動物にはもしかするとあるかもしれないが……」オットーが考えつつ補強する。「たとえば象や猿の集団に、その集団の中でやってはいけないこと、やれば仲間から咎《とが》められることが存在するかもしれない」

「したとしても、それは〝咎〟ではなかろうよ」ルカが眉根を広げる。「象が悪、罪、咎の意識でやると思うか。外から見ている我々が勝手にそう感じるだけだろうさ」

「そう、それだよルカ」

「なんだ?」

「僕が言おうとしたのはつまり……〝善悪〟というのは人間が後から名付けただけで、〝そのこと〟自体は人間が生まれる前から存在したのかもってことなんだよ。歩く行為を歩くと定義付けたのは人間だ。けれど動物は人間など存在しない時代からずっと歩いている。そういう」

「トカゲにも魚にも善悪があるかもしれんというのか」

「もしかすると鉱物とか、無生物にも?」

「それならもう神が創ったってことでいい」ルカが冗談めかして笑う。他の面々もアレックスのユーモアに苦笑を漏らす。

「いやいや」しかし本人は至って真剣だった。「真理というのは、こう、物凄くシンプルなことかもしれないからね」

—— 20:59

テイラーとエドムンドは待機室で集中していた。室内の液晶テレビが増えている。一台には会議場の首脳達が映っている。

もう一台には屋外の中継映像が流れていた。青空と、巨大なビル。その麓《ふもと》には登壇者席が設置され、よく知る男がすでに登壇していた。

会議場の首脳達も、議場に持ち込まれたテレビモニタで同じ中継を見ている。

「えー、ただいまより……」

中継先から音声が入る。

「《新域自殺サミット》議長、齋開化新域域長の開会記者会見を行います。はじめに、齋域長から開会の挨拶がございます。その後に皆様からのご質問をお受けいたします。それでは齋域長、よろしくお願いいたします」

齋開化は頷き、笑顔で話し始めた。

「まずは、この日が迎えられたことを偏に喜びたい。そして新域域長として、世界中からこの新域にお集まりくださった皆さんを心から歓迎したいと思います。今日、我々がここに集ったのは……」

テイラーが分析の目で会見の中継を見つめる。

「開幕は至って普通だな」

「警戒は怠らんことだ」エドムンドが返す。「どのタイミングで何を突っ込んでくるか見当がつかん」

「向こうのスケジュールは？」

「都市首長会議は休憩を挟みつつ現地時間の十八時まで。こちらは朝の五時だな。その後はパーティーも何も入っていない」

「簡素なものだ。質実剛健の印象を作りたいのか」

「ふふ」エドムンドが笑いをこぼした。「見ろ、テイラー」

指差したのは首脳会議の方のモニタだった。会議室に持ち込まれたテレビモニタがすでに消えている。三分前に中断した討議がもう再開している。テイラーは眉根を寄せた。

「自殺サミットに興味がないのか？」

「なくはないだろうがね、今忙しいんだろ」

老人の顔はなんとも楽しそうだった。

「すでに向こうがどうとかいう次元ではない。彼らは自殺法も自殺も包括できる、巨大な答えを探そうとしているのだ」

――23:30

「現在、善悪の基準は統一されていない」

オットーが議論を主導した。他の面々が揃って聞く。

「地域、人種、文化によって無数の道徳律、善悪の基準が存在する。〝世界道徳〟や〝世界善〟を探す行為とは、それらに共通する項を探すことでもある」

「個別の項目を検討する前に」アレックスが口を挟む。「その共通項がなぜ生まれてきたのかを考えたいな」

「起因か。そうだな……」カンナヴァーロが頭を回している。情報の処理速度ならアッカン、情報を扱う巧みさならカンナヴァーロだとアレックスは思っている。

「三つ、あると思う」

カンナヴァーロが三本指を立てた。全員の注目が集まる。

「一つは自然継承だ。人類最初のコミュニティで生まれた道徳性が、そこから人類が広がると共に継承されていったという形。継承につれて変化していくが、それでも共通項は残る」

「つまり最初に定められた善が、〝世界善〟に成り得る可能性を持っている」フローラが補足した。カンナヴァーロは頷いて、二本目の指に触れた。

「二つ目は一つ目と相補的になるが、交流と洗練だ。まず自然継承性のモラルが存在する。だが文化社会間の交流があれば、互いに相談しながらより善いと考えるものを選び取ることができる。その過程で残るものがベストな選択として各地で採用され、共通項となる」

「その場合」とダン。「善とは、我々人間が自分達の意思で選び取ったもの、ということですね」

「ならば〝世界善〟も我々が作って決めることができる」ルカが皮肉げに言った。「私は元々そういうもんだと思っているがね」

アレックスが聞く。「三つ目は？」

「三つ目は逆方向からの起因となる」

「逆は……内側だね」

カンナヴァーロが頷いた。

「我々人類は普遍的な道徳性を個々人が持っている、というパターンだ。善悪の基準は人間の内側に内在されているものであり、どこでどんな社会を形成しようとも、その部分は必ず共通項となる、という」

「そんなことがあり得るか？」ルカが突っ込む。「赤ん坊は生まれた時から善悪を知っているとでも？」

「生物的な根拠に基づくならば有り得るのでは」アッカンが情報を付け加える。「たとえば大半の文化圏で悪とされている殺人。これは同種殺しを忌避する遺伝的性質と合致したモラルです。動物的本能として備わっているものが道徳として発現するという見方もできます」

「善悪がその程度のものか」ルカは吐き捨てた。「共食いしない獣と同じで片付く話ではない。善悪感覚、道徳観とはもっと複雑なものだ」

「あら」フローラが悪戯《いたずら》っぽくルカを見る。「高潔や誇りの善性には懐疑的だったというのに」

「動物と同じは極論過ぎる」

「でも高潔って」とアレックス。「清廉清白を求める意識だから、汚物や不純物を忌避するという意味では、それも生物的性質と合致するね」

「うるさいぞっ」ルカはアレックスを雑に払う。

「共通性の起因については、すぐには明確な答えが出ないだろう」オットーが進める。

「個別の共通項から探っていくべきだと思う。まずは善について」

「世界に広く共通する善……」ダンが呟く。「普遍的な善行とは、何でしょうか？」

「先ほど、殺人の話が出ました」福澤が言った。「殺人は広く悪とされています。ならばその反対の概念、つまり《人を助けること》は広く認められる善行ではないかと考えられます」

銘々が首肯した。ダンが答える。

「他人を助けることは善ですね。少なくとも現状では、善だとされている」

「悪行の反対を想像した方が浮かびやすい」オットーが続けた。「たとえば《正直であること》、嘘をつかぬこと」

「誠実は大筋においては善だと思うが……」ルカが反応する。「他人の利のために吐くような嘘もあるだろう」

「そういう意味では《人を助ける》に包括されてもいい。正直であることは他者との関係における善性だ」

「ならば公平であることは？」フローラが提案する。「または公正とも」

「公平が善行か？」怪訝な顔で疑問を投げたのはカンナヴァーロだった。「ならば共産主義は善行ということになる」

「資本主義が悪行とは思わないけれど」フローラが受けて立った。「ただ〝貧富の差を無くす〟という価値観が是とされているのも事実よ。各国の累進課税制も富の再分配による社会福祉を進める方法だわ。公平を求める感覚は普遍的にあるはず」
「〝勝ち組〟になりたい感覚も全員にある。私は我欲を悪とは思わん。個人の幸福を追求することも善性の一部のはずだ」
「その二つは否定命題ではないはずです」アッカンが間に入った。「個人の善が社会の悪、社会の善が個人の悪とは限らないのでは？」
「個人幸福の追求は、正しく善だ」オットーが認める。「我々はそれを《基本的人権》として認めている。《一人の人間が誰にも害されず生きる権利を持つこと、自由であること》。これは殺人の対極にある明確な善であろう」
「ふむ……」
アレックスは手元の紙に書いたメモを見返した。ここまでに出てきた善の例が並んでいる。
《人を助けること》
《正直であること》
《公平、公正であること》
《個人の人権、自由と権利を尊重すること》
「挙がったものは、やはり社会的な要素を持つものが多い」

声にアレックスが顔を上げた。オットーが喋っている。

「個人の人権についても、他者からの尊重を求める点で社会的な規範だ。善の本質は〝集団〟にあるのではないか？」

疑問が円卓の全員に投げかけられる。オットーも確信を持っているわけではないのが口調から伝わっている。

アッカンが顔を向けた。「アレックスは？」

「ううん？」

「善、集団と個人について、何か意見は」

発言が少なめだったのでアッカンが気を回して振ってくれたようだった。

「そうだねぇ……」

アレックスが悩ましげな顔で口を開く。

「社会性、集団から善性が発生するというのは面白い仮説だと思うんだけど」

「違うと？」

「うーん……ごめん、これはふわっとした感触の話になっちゃうんだけども……」

「お前は四六時中ふわふわだろうが」ルカが鼻で笑った。「いいから言え」

「うん。そう……上手く言えないけど。善は、もっと、さらに包括的なものという感じがするというか。個人にも集団にも等しく掛かってくるもの。そんな気がしてる。フェイズが違ってもそのまま適用できそうな。個人の善と集団の善がありつつ、どちらもが同時に両方の利益になること、そういう、すごく便利な、概念？」

「そりゃ便利だ」ルカが言う。「そんなもんが存在すればな」

「そうだねぇ……」

アレックスは再び悩み始めた。

――01:00

「サム、これも頼む！」

サム・エドワーズは短い原稿を受け取るとその場で訳文を書き込んで返した。スタッフが礼を言って慌ただしく走っていく。僅かな空き時間にサムは両目を揉んだ。疲労が溜まり始めていた。

異常なサミットが現在進行形で続いている。

サミット初日の予定はすべてキャンセルとなった。記者会見、パーティー、ワーキングディナー、あらゆる予定が中止になり、スタッフはその対応に追われた。

そして予定をキャンセルした首脳達は、今も議場に留まり続けている。移民博物館大ホールに急造されたお世辞にも広いとはいえない会議場で、最低限の人間しか立ち入れぬまま、休憩もなしに、およそ十二時間にわたる議論を続けているのであった。

本来ならば二十二時過ぎには初日の予定が終了するはずだった。だが時計はすでに一時を回っている。

スタッフからは各国首脳の体力を心配する声が上がっていたが、先に別の体力が尽きかけていた。各国の同時通訳者であった。

同時通訳は集中力を必要とする作業である。そのため各国とも二人ないし三人のチーム態勢を取り、一定時間で交代しながら翻訳に従事している。通常の会議ならばそれで十分凌《しの》げる。しかし今回のサミットは異常だった。二時間、長くても三時間の会議を想定して組まれたチームでは無理が現れるのも当然であった。

サムは涙が行き渡った目を開く。近づいてくる上司の姿が視界に入った。上司はやはり疲れた顔で手を振った。

「何か問題がありましたか」

「まだ大丈夫だ。ただ、もしかすると同時通訳の代理で入ってもらうかもしれん。準備はしておいてくれ」

「わかりました」

上司が足早に立ち去る。サムは少しの間だけ物思いに耽《ふけ》り、それから自分の荷物を漁った。出てきたのは大柄なサムには可愛らし過ぎるサイズの水筒だった。蓋をコップにし、家で選んできたお気に入りのお茶を注ぐ。保温瓶の水筒であったが流石に半日は保たなかったらしい。

ぬるくなった茶を一息に飲み干して、サムは再び手元の作業にかかった。

―― 02:00

ジレ・アッカンが人差し指で円卓を一つ叩いた。

「善について思考を進める手がかりとして」全員の視線が集まる。「私から一つ問題を出したいと思います」

「問題?」とダン。

「すでにご存知の方も多いと思います。『トロッコ問題』です」

「あれか」ルカが眉をひそめた。「皆知っているだろう。この場に上げるべき議題か?」

ダンが口を開く。「私も知っています。しかしこれまで他人と積極的に討議したことはなかった。問題としてはまさに道徳基準、善悪を扱ったものです」

何人かが首肯した。アッカンは許可と受け取り、概要の説明を始めた。

「貴方は線路の切り替えポイントにいる。そこにブレーキの壊れたトロッコが猛スピードで向かってくる。このままでは線路の先にいる作業員五名が死ぬ。しかしポイントを切り替えると、もう一方の線路にいる作業員一人が死ぬ」ジレ・アッカンが円卓の全員に問いを投げかける。「ポイントを切り替えるべきか、否か」

「トロッコ問題は功利主義の是非を問う」最初に発言したのはカンナヴァーロだった。「五人を救うために一人を犠牲にしていいのか、だな」

「単純に考えれば多く助かる方を選ぶべきでしょうが」福澤が言う。「倫理問題となるとそう簡単ではない」

「〝人一人の命は地球より重い〟などと言い出す奴が出てくるからな」ルカが皮肉る。

「比べられているのは人命と人命よ」とフローラ。「ならばどうしても一人と五人の差を考えなければ」

フローラは口でそう言いながら、表情や声に納得がいかないというニュアンスがありありと混じっている。《数》が善行を決定することに嫌悪感を持っているようだった。

「五：一という設定も、また我々の判断に影響を与えているね」とアレックス。「一：一であれば結論は変わる。一：百万でもきっと変わる」

「一：一ならば」フローラが厳しい声で言う。「ポイントを切り替える人間が《死ぬ人間》を選ぶことになる。それは許されないことよ、アレックス」

「誰かが誰かの生死を決めるよりは、ランダムな事故で死んだ方が良いということ？」

「そうよ。少なくともそこに〝罪〟はない」

「待て、選択者に罪が発生するのか？」カンナヴァーロが食って掛かる。「それはおかしい。人命選択で罪を負わされるなら誰も人など助けない。大損だ」

「トロッコ問題は簡略化された思考実験です」ダンが間に入る。「〝溺《おぼ》れている二人のどちらを助けるか？〟という問題なら答えもまた変わるでしょう」

「話を元に戻すと」アレックスが続ける。「一：百万なら、多分ここにいる全員が百万人を助けるよね？」

銘々が肯定する。フローラも不満そうにしつつ首肯した。

「善の判断に《数》が影響を与えてるのは間違いないと思う」アレックスは独《ひと》り言《ごと》のように続けた。「けど、それだけじゃあないんだ……」

「思考を進めるために」アッカンが言った。「同様の問題をもう一問出しましょう。『臓器くじ《サバイバル・ロットリー》』です」

「それは？」フローラが聞く。

「知らないな」とダン。

「この中でご存知の人は？」

アッカンが聞くと、アレックスとオットーが手を上げた。アッカンは頷いて説明を始めた。

「公平なくじがあります。これで健康な市民から一人を選び出す。その一人を殺し、臓器を五つ取り出し、移植が必要な五人に配ります。これで一人が死に、五人が助かることになる。さてこの行為は」アッカンが全員に聞いた。「善でしょうか？」

「言語道断」フローラは強い語勢で言う。「それは殺人よ」

「一人と五人の命を選択している点ではトロッコ問題と同じだろう」とカンナヴァーロ。

「いいえ、違う。この二つは甚だしく違います」

「二人の言う通り……」福澤が考えながら話す。「この二つは同じことを問うように見えて、しかし与える印象が大きく違う。ポイントを一人のサイドに切り替えることと、一人の人間を選抜して殺すこと。一人が死ぬという結果は同じだ。しかし……」

「〝罪悪感〟が違う」オットーが話を引き継いだ。「アクシデントへの対応から一人を殺してしまうこと。明瞭な意思をもって一人を選び出し殺すこと。一方は止む無いと感じ、一方は罪深いと感じている」

「《数》でないファクターです」ダンが身を乗り出す。「《意思と手段》が私たちの善悪判断に影響している」

「感情的なものだ」カンナヴァーロが入ってきた。否定的な言葉だった。「処理しきれていないだけではないのか？　最終的には五人が助かるのだから、感情も後追いで整理がつく」

「数字を盲信するなら政治も計算機にやらせておけばいいっ」ルカが対抗した。「人間は感情を持つ生き物だ。感情を無視した意思決定は有り得ぬ」

「この問題に関する、ある実験があります」アッカンが間に入る。「二つの問題について考える際に、fMRIを用いた脳スキャンを行い、脳のどの部分が活性化したかを調べたのです。結果、トロッコの問題を考える際には背外側前頭前野と呼ばれる〝客観的計算判断〟を行う箇所が活性化しました。対して臓器くじの問題を考えた際には、前頭皮質の内側、〝感情〟に関係する部分が活性化したそうです。喜び・怒り・激情・痛みへの応答など……」

「より原始的な判断ということだ」カンナヴァーロが自信を含んで言った。「臓器くじへの嫌悪は動物的な感情だ。客観的、計算的判断を行えるからこそ人間なんだ」

「待って。そうならば……」フローラが口を挟んだ。考えている。「臓器くじに感じる善悪の感情は、生来的なものなの？」

「それは前も話に出てきたね。内側から来る、生物的な根底をもつモラル」

アレックスが軽く言った。一同が向く。

「ええとつまり、トロッコの場合は自分で手を下したっていう意識《殺人感》が薄くて、臓器くじは《殺人感》がより強まるから。同種殺しを嫌悪する遺伝的感情が、臓器くじの否定に繋がってるのかなと……」

「同種を助けるのは動物でもする」カンナヴァーロがフローラを見た。「数を考えるのはそれより複雑で高等な行為だ」

「高等な判断ならば人を殺してもいいとでも？」

カンナヴァーロとフローラの意見が対立し、燃焼し始める。議論が白熱している。

しかしアレックスの耳にはあまり届いていなかった。アレックスはすでに別のことを考え始めていた。

何かを摑みかけている気がしていた。

（そう……）

トロッコ問題も、臓器くじも、同じことを話しているのだ。数、手段、結果とバリエーションが増えることで複雑化しているけれど、詰まるところは同じだ。

どちらの問題も、人を生かそうとしている。

それは大前提だ。そこは共通だ。それが根底にあるはずなのだ。

アレックスは自分達で考えた善行の例を一つ一つ思い出していく。

《人を助けること》

それは人を生かすことだ。人の生を保つ行為だ。

《正直であること》

それは集団を生かすことだ。嘘の排除は社会運営を保つ行為だ。

《公平、公正であること》

それもまた人を生かすのが目的だ。不公平が争いを生むのを回避している。

《個人の人権、自由と権利を尊重すること》

そのまま、人の生を守る行為に他ならない。

生きること、生かすこと。頭の中で言葉を繰り返す。水の底が近いような気がしている。夜明けが近いような気がする。実際もう四時近い。

つまり、より根底に《生きる》があるならば、自殺法を忌避する感情は正しいことになる。自殺は、人が死ぬ。僕らは生きると死ぬで対立している。

単純になってきた。もう少しだと思う。

だから、ええと……。

僕らが今考えるべきなのは。

善悪の、その根っこにあるのは。

(〝生きる〟って何なのかということ……?)

リリリリリリリ!! と音がした。電子音、首脳全員が同時に反応する。イヤホンから緊急コールが鳴り響いている。

「大統領!」

テイラーの叫びがアレックスを呼んだ。

―― 04:04

SSに囲まれたアレックスが駆け込んでくる。室内にはテイラーとエドムンドを筆頭に主要なスタッフが集合している。

移民博物館の一室に作られた《臨時緊急対応室》は、緊急時に備えた各種設備が揃っている。セキュリティが確保された通信でワシントンの危機管理室と連携しており、サミット会場に作られた〝第二のシチュエーションルーム〟と呼ぶべき部屋だった。その壁面に掛けられた大型モニタに、人物が映し出されている。

会見席に登壇している男は、齋開化であった。

中継映像の中の齋はまだ話していない。何かを待っている様子だった。

エドムンドが説明する。「二分前、新域《むこう》からの呼びかけ《コール》です」

「呼びかけだって?」アレックスが慌ただしく座りながら聞く。

「こちらのサミットに向けて、伝えることがあると」

アレックスが中継に目を向ける。屋外の会見場はオレンジ色に染まっている。ニューヨークは未明の四時だが、新域は夕方の十七時となる。

画面の中の齋開化は、イヤホンを付ける素振りを見せると、正面のカメラを真っ直ぐ見据えた。

「ニューヨーク、アッパー・ベイ・サミットに参加されている各国首脳の皆さん」

はじめまして、と齋は言った。

「新域長の齋開化です。今回、このような一方的な形でのご挨拶となったことをお詫びいたします。ですがどうか、緊急な対処として何卒《なにとぞ》ご理解をいただきたい」

「一般放送電波です」テイラーがアレックスに伝える。「中継は日本、また世界中のメディアで放送されているはずです」

「本日、ここ新域において《第一回自殺サミット》が開催されました」

齋が続ける。笑みはない。

「協議は実りあるものでした。そして、それ以上のことがありました。自殺サミット会場である新域庁舎に、自殺法を支持する市民が集まったのです。現在庁舎の周りを十万人を超える人々が埋め尽くしています。そしてその中には」齋は真剣な表情で言う。「当然のことながら、自殺を望む人達がいます」

テイラーが眉根を寄せる。エドムンドも難しい顔を作った。

映像が切り替わる。

映し出されたのは舞台を備えた大きなホールだった。一、二階合わせて千人は収容できそうな客席。照明が暗めに落とされているが、すべての席が埋まっているようだった。

「新域庁舎に併設された大ホールです」齋の音声が被《かぶ》さる。「現在このホールに、千十三人の自殺希望者が入場されています」

緊急対応室がざわついた。

「新域では、自殺法により自殺の権利が保障されています」齋の言葉が続く。「そして庁舎には自殺薬『ニュクス』の備蓄があります。新域は自殺希望者の権利を守るため、これらを提供する用意があります」

嘆きの息が緊急対応室に広がる。口元を覆う者、目を逸らす者、痛ましい表情が全員に浮かぶ。

「こやつ」エドムンドが苦々しく言う。「集団自殺を中継する気か」

「千人……二ヵ月前の六十人とはわけが違うぞ」テイラーが顔を歪める。しかしただ感情に流されているわけにもいかない。

「自殺法のアピールか?」エドムンドが分析する。「自殺のハードルをどんどん下げようというのだ。自殺は何の問題もない行為だ、やってもよいのだと示そうとしている。世間の意識を変えようとしているのだ」

「しかし反発も大きいはず」テイラーも頭の中でシミュレーションを繰り返す。「千人の自殺を明確な意思で助けたとなれば、新域の法はともかく世論が否定に大きく……」

「その希望者の中で」

二人が再び中継を見遣る。画面は会見席の齋に戻っている。

「ある一人の少女が、自殺薬ではなく、飛び降りという方法を望んでいました。新域と新域自殺総合支援機構は、自殺希望者に対して可能な限りのサポートを行うものです。希望した少女には新域庁舎屋上が開放されました。庁舎からの飛び降りが許可されました」

スタッフの一人が壁を力いっぱいに叩いた。何人かが苛立っている。自殺を幇助する齋と、それを止められない自分達に。

「ただし、一つだけ」

齋の声のトーンが僅かに下がった。

「問題があります」

「問題だと」テイラーが声を出していた。千人が自殺する以上の問題があるのかと思っていた。

「その少女は……」齋は溜めて言った。「迷っているのだそうです。死ぬべきか。生きるべきかを」

再び室内がざわつく。

「それは唯一の、そして最大の問題です。死を望む人の自死は認められるべきです。だが本当は死にたくないのだとしたら、絶対に死ぬべきではない。自殺するべきではない。彼女は新域のカウンセラーと言葉を交わしました。けれどそれでも彼女の心は定まらなかった。新域のカウンセラーに対する猜疑《さいぎ》心もあったのだと思います。新域の人間は自殺を勧めるのではないかと……。彼女は死ぬか生きるかを決められないまま、今、庁舎の屋上に上がっています」

齋が顔を上げる。

「ここに、新域の域長として正式に要請したい」

齋開化はカメラを真っ直ぐに見据えた。その向こう側にいる人間を射貫くように。

「アッパー・ベイ・サミット議長、アメリカ合衆国・アレキサンダー・W・ウッド大統領」

アレックスが目を瞬かせる。

齋は真剣な表情で言う。

「貴方に、彼女と話をしていただきたい」

緊急対応室が一瞬止まった。

次の瞬間にはスタッフが騒ぎ始めた。テイラーが苦々しく奥歯を嚙み締める。エドムンドは冷たい目で中継の齋を見ている。

「私では駄目なのです」齋が続ける。「新域の域長である私が何を話しても、彼女からすればバイアスのかかった意見にしか思えないでしょう。かといって自殺法に反対する人間に話してほしいわけではない。そして合衆国は現在、自殺法に対する立場を表明していません。だからこそ合衆国の代表である貴方に話してほしい」

中継映像が切り替わる。

俯瞰のカメラが庭園のような場所を捉えている。そこは新域庁舎の最上階、七本の塔の一本に備わった超高層庭園である。過去六十四人が投身を図った硝子《ガラス》張りの空中庭園。今はそこに、一人の少女の姿がある。

長い髪。地味なシャツと長いスカート。高校生か、多く見積もっても二十歳前ほどの、これといった特徴もない日本人の少女だった。

夕色に染まる庭の中央に、少女が所在なげに立っている。

少女は今、生と死の境界線上にいる。

「大統領」

齋の声が入る。

「彼女を止めてほしいのではない。彼女を自殺させてほしいのでもない。ただ一緒に考えてみてほしいのです」

齋開化はアレックスに向けて言った。

「彼女にとって、何が〝最善〟なのかを」

—— 04:07

「これが目的かッ！」

テイラーが苛立ち混じりに机を叩いた。

「サミットの時間をぶつけてきたのはこのためだっ。衆人環視の前に大統領を引きずり出し、自殺希望者を説得させようというのだ。世界中が注目する中で説得に失敗すれば全世界の非難が集まる。合衆国だけではない、サミット参加国全体の信用に関わる！」

「しかし、無視は許されないぞ」エドムンドが額を押さえている。悩んでいる。「自殺しようという少女との対話を忌避したとなれば、それこそ国際的な問題となる。事実はどうあれ〝合衆国が殺した〟という名目を与える」

「計算尽くか」テイラーが険《けわ》しい顔でアレックスに向く。「すべて、貴方を舞台に上げるためのお膳立《ぜんだ》てです」

「うん、まぁ、それもそうなんだけど……」

「も？」

アレックスは不安そうな顔で、中継映像を指差した。

「あれは……女の子だね」

テイラーが片眉を上げた。アレックスの言葉の意味を考える。

数瞬後。テイラーはスタッフに叫んだ。

「特別捜査官を呼べ！　すぐにだ！」

―― 04：09

緊急対応室の扉が撥ね開けられ、スタッフと正崎善が走り込んできた。テイラーが手振りで呼び寄せ、正面の映像を見据えて聞く。

「あれが、〝曲世愛〟なのか？」

「確証はありません、容姿は当てにならない」正崎は早口で答える。「ですが、あれは曲世です」

「なぜだ？」

「そういう女だ」正崎はアレックスを見た。「この舞台、貴方の指名、他に考えられない。こんなところに現れる女は曲世しか有り得ない」

「仮にあれが曲世愛だとして……それと話をしたら、僕はどうなるのかな？」アレックスは悠長に聞いた。「催眠状態になる？　何でも言うことを聞いてしまうのかな？」

正崎が考え込む。情報は壊滅的に少なく、正崎が唯一の糸だった。

「……これまでに曲世の影響を受けた者は基本的に〝直接〟です。私が知る限りでは、同室に居た、面と向かって話をした、そういった場合に曲世の〝力〟に支配されています。茫然自失《ぼうぜんじしつ》になる者や……自ら遺書を書いて拳銃自殺した者も」

テイラーとエドムンドが顔をしかめる。信じられないような話だった。しかしアレックスは首肯しながら聞いている。

「直接ということは、通話なら平気なんだろうか？　電話の音声なら……」

「それも不明です」

「仮に一方的な音声でも彼女の力が効くのだとしたら、わざわざ指名する必要もないよね。勝手に放送でも何でもすればいいんだ。これが〝直接話さないと駄目〟という裏付けにならないかな」

「それでも、絶対に話してはいけない」正崎は語勢を強めて言った。「確定できる情報は何もないんです。安全と言えることが一つもない。だから貴方は、絶対に話してはいけない」

「それもわかるんだけどねえ……」

アレックスはテイラーとエドムンドに視線を送った。二人は難しい顔で返す。判断がつかないでいる。アレックスも彼らの葛藤《かっとう》を解っている。

操られるような未知の危険があるならば大統領を出すわけにはいかない。だが合衆国として公の場で自殺を考える少女を無視することもできない。

チェックメイトで詰められたような、八方塞《はっぽうふさ》がりの感覚が頭に滲む。

「あれ？　でも……」

アレックスが顔を上げた。周囲が反応する。

彼は今更ながら気付いた。

「そうだ、そもそも、僕は話せない」

テイラーとエドムンドも遅れて気付く。

その気付きは、同時に新しい事実を告げている。

―― 04:11

緊急対応室から一時的に人払いが行われた。アレックス、テイラー、エドムンド、閣僚級の人間、それに正崎を加えて、部屋に残っている人間は十人に満たない。

「失礼します」

ぬっ、と熊のような男が入室した。小柄なアレックスは比喩《ひゆ》ではなく山を見上げることとなった。

アレックスは山の名を呼んだ。

「サム・エドワーズ？」

「はい、大統領」

合衆国国務省言語サービス課、日本語担当通訳サム・エドワーズは静かに答えた。

「状況については……」アレックスが聞く。

「テレビで報道されたものは確認しております」

「うん」アレックスが頷く。「では報道されていない分を彼から聞いて。その後に判断してほしい」

「判断……」

サムが向くと、正崎が一歩前に出た。正崎は彼に説明しなければならなかった。いまテレビに映っている日本人の少女が、超能力じみた力を持っているかもしれないということ。

それと話した人間は、死ぬかもしれないということを。

——04:14

サム・エドワーズは奇妙な気分だった。

FBIの捜査官だという男の話はとても奇妙だった。催眠術、超能力、普段暮らしている中では縁のない、一生かかってもまず縁がないだろう、奇抜なことばかりだった。

だがそれよりよほど奇妙だと思ったのは、自分がそんな話を聞いていくにつれて、どんどん収まっていくことだった。入れ物の形に自分が変形してぴったりと収まっていくような、ちょうど良くなっていく感覚が身体に染《し》み渡《わた》っていくのがわかった。

一人の少女が、自身の生死をかけて話をする。

自分は通訳として、自身の生死をかけて話をする。

多分、言葉一つが命を左右することになるのだろう。一つの言葉を言うか言わないか。言葉の意味が正しく伝わるか伝わらないか。それだけで誰かが生き、誰かが死ぬのだ。もしかすれば全員が死ぬ。もしかすれば全員が生きる。

そしてサムは。

言葉とはそういうものだと思い続けてきた。

「問題ありません」

サム・エドワーズは何のブレもなく答えた。驚いたのは周りの方だった。

「同時通訳ブースに入ります」

――04:18

テイラーが受話器を耳に当てている。緊急対応室に設置された固定電話は、同時通訳を通して、遥か遠い島国へのコールを飛ばす。

中継映像の中の齋が動いた。登壇席の卓上にあった受話器を取り上げる。最初に齋が話した。

「この通話は、公共の電波によって日本と世界に放送されることになります。それに同意される場合のみお話しください」

テイラーが答える。

「アメリカ合衆国国務長官、テイラー・グリフィンだ」

通訳と通信の遅れを伴って言葉が向こう側へと届く。中継先の音声にざわめきが広がるのがわかった。

「グリフィン国務長官」齋が会話を続ける。「合衆国大統領は、彼女との対話に応じていただけますか？」

「会話は同時通訳を通して行うものとなる。通訳はこちらで用意する」テイラーが条件を提示した。「音声のみ。こちらから大統領の映像は送れない」

齋はテレビにわかるように、大きくゆっくりと頷いてみせた。

「すぐにでも」

――04：19

「担ぎ出された」ルカが顔を顰める。各国首脳は未だ議場に残り、全員でモニタの中継を見守っている。「もはや後戻りできんぞ」ダンが返す。

「向こうの作戦勝ちです。逃げることはできなかった」

「命を取引に使っている……」フローラは今日一番の怒りを示していた。憎悪にすら近かった。「テロリストと何が違うというの。絶対に許されない蛮行よ」

「しかし事実がどうあれ、表向きには自殺希望者だ」カンナヴァーロが言う。分析的であろうとしているが、それでも嫌悪の感情が滲んでいる。

席を離れていた福澤が戻ってきて再びイヤホンを付ける。「放送業界への自粛を要請しました……。しかしこれだけではもはや止め切れない。齋は複数の方法で映像の配信を続けています」卓上で握り締めた拳《こぶし》が震えていた。

「我々は見届けなければならない」オットー・ヘリゲルが重い口を開く。「自殺法が作り出す世界を。この対話の後に、未来の何かが決まるはずだ」

「どうにかしてみせろ、アレックス」

ルカは独り言を呟いた。隣のフローラがそれを聞いていた。

「貴方、アレックスが嫌いじゃなかった？」

「ああ、大嫌いだ。なぜなら奴は馬鹿だからだ。信じられないくらいの大馬鹿だからだ」

ルカは中継に目を戻して言った。

「この状況をどうにかできるのは本物の馬鹿だけだ」

――04:20

廊下に八つ並んだ同時通訳ブースは、サミット出席各国の通訳がそれぞれを使用している。議場に首脳が残っているため、各ブースの通訳者も仕事を続けている。サムは合衆国のブースに入った。廊下にはSSが二人、そして医師と看護師、救急救命士が一人ずつ待機していた。万一の事態に備えるためだった。救急救命士はブースの中に入りたいと申し出たが、サムは断った。そもそも狭い部屋ではあるが、何より集中できる環境が欲しかった。

普段は二人の通訳が並ぶブース内で、サムは一人マイクに向かっている。心は静かだった。どちらにも傾いていないと感じられた。それは大統領のお陰だった。覚悟が十分であったとはいえ、不安が全く無かったわけではない。捜査官の話は恐ろしい内容で、惨たらしい結果も想像させた。何十という人間を死に追いやった、最悪の殺人鬼の話だ。

けれど、同時通訳ブースへと向かう前。アレックスがサムに小声で話しかけてきた。

「みんな気を張ってくれてるけど、君は普通でいいよ。普通にやってね」

アレックスは微笑みを浮かべて言った。

「だって彼女は、本当に自殺を考えているだけの、ただの女の子かもしれないんだから」

その言葉でサムの傾きは正された。

サムはまっさらな心で、マイクに準備の完了を伝えた。

―― 04:24

庭園の中央に、少女が棒のように立っている。

芝に落ちる夕陽《ゆうひ》が色を増していた。新域庁舎の職員らしき人間が庭園に姿を現すと、少女に電話機を渡して立ち去る。庭の影がまた一つに戻る。

俯瞰のカメラは遠く、少女の表情までは見通せない。また緊急対応室側の映像は公開されていない。視覚的な情報は互いに制限されている。

その中でアレックスと少女が、通訳を介した音声で繋がった。

「はじめまして」

第一声はアレックスだった。訳された言葉は新域側で拾われ、中継に乗っている。

二人の会話がそのまま世界に届けられる。

「僕は合衆国大統領、アレキサンダー・W・ウッド。ええと……名前を聞いても？　問題があるようなら仮名でも」

「公羊《くよう》……」少女は静かに告げた。「公羊佳苗《かなえ》といいます。本名です」

「カナエ・クヨウ。佳苗と呼んでも？」

「はい」

「僕のことはアレックスと」

「アレックス、大統領」

「アレックスでいいよ」

画面の佳苗は頷いたようだったが、そうは呼ばなかった。アレックスは静かな子という印象を持った。それはサムの翻訳による印象なのかもしれないが、アレックスはサムが彼女の言葉を、その印象も含めて正しく伝えてくれると信じている。

ただそれにしても、静か過ぎると感じた。

こんな場面だというのに緊張するようでもなく、興奮もしていない。まるで老人のような落ち着きを感じた。この少女はいくつなのだろうと思った。

「佳苗はいくつ？」

「十九歳です」

「学生？」

「いいえ、今はなにも……。家にいます。申し訳ないと思っていますが、両親に養ってもろだった。

「そう。ところで……」アレックスは言葉を探したが、もう無かった。スモールトークなど最も苦手とするところだった。

「君は」アレックスは諦めて聞く。「なぜ自殺を考えているの？」

「なぜ……」

公羊佳苗は所在なげに呟いた。

「なぜかと聞かれると……すみません……わかりません。もしかすると、自殺したいのではないのかもしれません。けれどただ……なんだか、すごく静かなんです」

「静か？」

「なにもないんです」少女は言った。「自殺したいのではなくて……けれど生きたいかと言われればそうではなくて……。だからその……どうしたらいいのかわからないんです」

アレックスは聞いている。だが上手く摑めない。霞《かすみ》のような話だった。

「それで考えて……無為に生きていけばお金も掛かりますし、両親にも迷惑をかけてしまうような気がして……」

「ご両親は君を迷惑だなんて思ってないだろうけど……」

言いながらアレックスは思う。そんなことは意味がない。話の本質ではない。心の中でコンパスが回った。

彼女の自殺のことを考えるのなら、必要なのは彼女の話だ。

「佳苗」

「はい」

「君の話を聞いても?」

「私?」

「うん」

「私は……」

電話を持った少女がにわかに沈黙した。世界全体が静まったようだった。

「私は、普通で」

公羊佳苗はやはり静かに語り始めた。

「自分で言うことなので自信はありませんが、すごく、普通の人だったと思います。子供の頃からそれほど目立たなくて……。小学校、中学校と、学校に行って友達と遊んで。中学くらいまで、あまり趣味とか無かったんですけど、でも趣味があるっていうのには憧れていて、これを好きになってみようかなと思ったりして」

「うん」

「それでバンドを好きになってみて。高校生になってからは友達と一緒に、地方のライブに遠征したりしました」

「うん」

「それで、会場にいた現地のファンの子と知り合って。一緒にご飯を食べて。それで、私……その日、初めて会った人と寝たんです」

「そう」

アレックスは少し驚いてしまった。赤裸々な話だった。けれど止めるべきではないとも思った。彼女は今本当に、自分のことを話そうとしている。

「同い年の高校生でした。メッセージのアドレスだけ交換して、私は地元に戻りました。それからメールでやりとりして、付き合おうという話をして、初めての彼になったの。けど」少女は変わらぬ声で言った。「私の妊娠がわかりました」

アレックスは黙って聞いていた。

返事ができずにいた。

「私は彼にそれを伝えました。それきり、彼とは連絡がつかなくなってしまったんです。知っていたのは電話番号とアドレスだけで、変えられてしまったらもう探せませんでした。私は両親にすべてを打ち明けて相談しました。両親は相手を探すのは諦めて、子供を堕ろしなさいと。彼のことはもう諦めていました。そもそも一回しか会っていないような相手です。ですが……今はもうあの時の気持ちを上手く思い出せないけれど……私は、子供を産もうと決めたんです」

少女の喋りに抑揚《よくよう》はない。

公羊佳苗は淡々と話を続ける。

「それから、もう朧《おぼろ》げですけど、大変だったと思います。両親を説得しました。学校にも相談しましたが、私学だったこともあり、結局退学となってしまいました。でもその時の私は、ただ必死で……。最後には両親は折れてくれて、その協力のお陰で私は無事に男の子を産むことができたんです」

公羊佳苗はそこで初めて微笑んだようだった。

「晴《はる》と名付けました」

——04:32

「その名前は」

サムは反射的に判断し、言葉を発していた。今のは大統領の言葉ではない。翻訳ではなく自分の言葉だ。だが必要だと判断した。意味を、意思を正しく伝えるために、聞かなければいけない質問だと思った。

「どういった意味の漢字を書きますか」

「晴は、晴れる」少女が答える。「空が晴れる、の晴です」

――04:33

「晴れ《Sunny》、ハル」

アレックスは、サムから伝えられた言葉を呟いた。

「うん、いい名前だ」

少女が続ける。

「あまり泣かない子でした」

一瞬見えたような気がした微笑みは、もう消えていた。

「子供ってもっと沢山泣くものだと勝手に思っていたけれど、晴は手のかからない赤ん坊でした。ミルクもよく飲んでくれて、遊べば笑ってくれて、夜は一緒に寝ました。もう少し大変でも構わないのにって、馬鹿なことを考えたりしました」

少女は静かに言う。

「ある朝、晴は動かなくなっていました」

アレックスは言葉を失った。

「乳幼児、突然死症候群……というのだそうです。原因は今もわかりません。ただ亡くなりました。それは、悲しかったです。泣き喚いて、落ち込んで……。でもそうして、一通り悲しんだら、その後静かになってしまったんです」

少女は淡々と続けた。湖面のように平らな言葉だった。

「自分でもよくわかりません……。死にたい、というような強い気持ちではなくて。でも、ただ……何だかすごく静かになってしまったんです。…………大統領」

少女はその質問を投げかける。

「私は、どうしたらよいでしょうか？」

——04：36

緊急対応室が静まっていた。唾《つば》を飲み込む音すら響き渡るようだった。テイラーとエドムンドがアレックスを見つめる。

少女は質問をした。それは決定的な質問だった。自分の取るべき行動はなんなのか、生きるべきなのか死ぬべきなのか、それを直接聞いていた。アレックスの答えによってすべてが決まるのだと、室内の誰もがわかっていた。

——04：36

議場の全員が息を潜めて中継を見守っていた。

アレックスの答えを待っている。アレックスがどう答え、どう少女を救おうというのかを、固唾《かたず》を呑《の》んで待っていた。

――04:36

そんな中において。

アレックスは一人。

安心していた。

「それだよ」

アレックスは、弾んでいるようですらある声音で答えた。

「ねぇ佳苗」

「はい」

「実は僕も今日、というかもう昨日からだけれど、それをずっと考えていたんだ。本当に奇遇なんだけれど、僕らはどうも同じことを悩んでいたみたいだ」

「同じこと……？」

「《よい》って何なのかってこと」

アレックスが彼女の質問を反芻する。彼女は確かにこう言った。

〝私は、どうしたら《よい》でしょうか〟と。

「サミットの間、他の国のみんなと一緒にずっと考えてたんだよ。で……これは本当に申し訳ないことなんだけど……」アレックスが情けない声で言う。「実を言うと、まだわからない。答えが出てない」

「わからない？」

「そう……。いや、僕個人としてはもう少し、あと一歩のような気はしてるんだ。それも気のせいかもしれないけれど……。まぁでも認める。現時点で、僕は《よい》がなんなのかわからない。君に聞かれても教えられない。だから、その……」

アレックスは友達に聞くように聞いた。

「ちょっと、待ってくれない？」

公羊佳苗は驚いているようだった。

「まつ？」

「そうっ。さっき気のせいかもしれないと言ったけど、でもやっぱり、あとほんのちょっとって気がするんだよ。手応《てごた》えがあるというか……あと僕、けっこう勘が良いと言われるから、だから多分もうすぐ判ると思う。《よい》ってなんなのかが、理解できると思うんだ。わかったらすぐに君に教えたい。ああ、もちろん君が先にわかったら教えてほしいけれど」

「それは……」少女が聞く。「生きて、考えるべきということですか？」

「いや、違うよ？」

アレックスは当たり前のように答えた。隣のテイラーが目を丸くしてアレックスを見ている。別の生き物を見るような目だった。

「答えが出るまで待ってほしいというだけで……」アレックスは調子よく続けた。「もし《よい》の答えが自殺することなんだとしたら、その時は遠慮なく死ねばいいんだと思うよ。というか、その時は僕も死ぬよ。一緒に死ねばいい」

公羊佳苗の返答が途切れた。

代わりに届いたのはサムの説明だった。

「笑っています」

――04：39

「ふはははははは!!」

ルカの大笑いが議場に響き渡った。各国の首脳は口を開けてしまう者、顔を覆う者と銘々の反応を見せているが、つまるところ全員が呆れていた。

「言っただろう！」ルカは勝ち誇って言った。「あいつは本物の大馬鹿なんだ！」

―― 04:40

「私は、死んでもいいの？」

公羊佳苗の笑い声はアレックスまで届かない。音声は完全に遮断されている。だがサムの同時通訳が言葉以上の空気を伝えていた。佳苗は明るく聞いたのだとアレックスには判った。

「それが《いい》ことなら《いい》んじゃない？」言ってから首を傾げる。「なんだか同じことを何度も言ってるね……。でも同義が反復するのはいいことでもあってね、今また言ったな……」

「おかしい……」

「おかしくはないよ。普通だよ」

二人は通信と通訳の時差を超えて笑いあった。

間に入っているサムも控えめに笑っているようだった。

「ああ……」

公羊佳苗は独り言のように呟いた。

「同情してほしかったんじゃないんです……。明るい未来の話を聞きたかったのでもなくて……ただ知りたかった。どうするのが《よい》のか、よいことってなんなのか……。でも、まだ知っている人はいないんですね」

「少なくとも、僕の周りにはね」

「わかったらすぐに教えてもらえますか、大統領」

「約束するよ」

「なら」

少女は言った。

「少し待ちます」

画面の中の公羊佳苗は電話を耳から話すと、通話を終了させて歩き始めた。

その足は。

庁舎の中へと戻る硝子《ガラス》扉に向かっていた。

——　04：43

「やった！　やった！」

スタッフの誰かが叫んだ。それを皮切りにして緊急対応室の全員が喝采《かっさい》を上げる。スタッフ同士が抱き合い、肩を叩き合った。

それは一人の人間が死なないで済んだというだけの、単純な、だからこそ人類が共有できる、生あるものすべての喜びだった。

テイラーとエドムンドは揃って息を吐いた。互いに気付いて握手を交わす。部屋の外からも中継を見ていたスタッフ達の歓声が聞こえる。サミット会場全体が歓喜の中にあった。

――　04:43

サム・エドワーズは大きな喜びの中にいた。それは一人の少女を救った喜びではなく、二人の人間の心を過不足無く繋げられたという、通訳者の法悦だった。

水のようになれたと思う。空気のようになれたと思う。

波を伝える存在として、片側からもう片側にすべてを伝え、阻《はば》まず、変えず、ただ間に在る。そういうものになれたと感じていた。自分は今日のために通訳者になったとすら思えた。同じ感覚をもつだろう通訳者と、この喜びを分かち合いたい気分だった。

そこでちょうど通訳ブースの扉が開いた。サムは気付いて笑顔を向けた。入ってきたのは英国・ロウ首相に帯同していた同時通訳者だった。

――04:43

湧き上がる対応室の隅でただ一人、正崎善だけが険しい表情を浮かべていた。彼をそんな顔にさせていたのは〝違和感〟だった。

違和感の正体はわからない。だが心の中で、何かが、ひたすらに叫んでいる。

違う。

違う。

――04:44

（あれ……？）

アレックスは心の中で呟いた。

対応室内はまだ興奮している。スタッフが騒がしく喜び合っている。しかしアレックスにはほとんど聞こえていない。

彼は集中していた。

その集中は、通話が終わった後に始まったものだった。

（もしかして……そういう……？）

直感が先に《答え》だと告げた。

アレックスはそれを自分で証明するために思考を走らせ始める。

アレックスの思考が加速していく。考えたことが一瞬で通り過ぎる。

（彼女が待ってくれることを、僕は《よい》と感じた。それは間違いない。理屈はわからないけど、それは《よい》と感じたんだ）

（どうして？）

（時間的猶予？　時間が延びたこと？）

（生きるってなに？）

（生まれてから死ぬまで経つこと）

（時間の長さ？　長ければ《よい》？）

アレックスの思考が分散する。複数の考えが同時に走り、別々に分岐したものが繫がって有機的な構造を形成していく。

（《歩く》は人類以前からあった。名前を付けただけだ。定義づけただけだ）

（生き物以外にも《よい》がある？）

（長い時間存在すれば《よい》？　石でも、宇宙でも）

アレックスはアレックスに話しかけ続ける。

（長いものがよいのは、長いものがよくなるのは、あれだ）

（進化。自然淘汰《とうた》、適者生存）

（それは個体にかかる、集団にかかる、全部に等しくかかる）

（残ると長くなる。長くなれるものが残る。消えれば淘汰だ。すべての生物は長く残る選抜を受けていて）

（生物的な道徳、同種を殺さない本能）

（文化道徳も同じだ。残るものが残って消えるものが消える。当たり前のこと）

（だから、残ると、長いと）

（言葉がある）

（それを表す言葉がある）

アレックスは、正崎のことを思い出した。

（そうだ、彼は言ったんだ）

（正義とは、考え続けることだ、と）

アレックスは小さな声で呟いた。


「《続く》……」

腑《ふ》に落ちた。

すべてが腑に落ちた。

（そうか……そう……そうなんだ）

アレックスは自分の考えを何度も噛み締めた。思考実験を繰り返した。

そしてそれが潰れないことを確かめて、その味を堪能した。

（〝よい〟というのは）

（〝良い〟というのは）

（〝善い〟というのは）


（《続く》ことなんだ）


（生物が生きること、無機物が存在すること。何かがあり、それが有り続けること。なんでもいいんだ、ただ続けば、それで〝いい〟んだ）

（僕らは《続く》に）

（〝よい〟という名前を付けていたんだ……）

アレックスはハッとした。

分裂していた意識が一人に戻った。目の焦点が合って緊急対応室が見えた。時計を見る。何分も経っていない。新域との通話は終わったばかりだ。今ならまだいる。佳苗がいる。教えなければ。約束を果たさなければ。

「佳苗」アレックスはイヤホンを押さえ、マイクに呼びかける。「サム、もう一度」

「大統領」

応答があった。女の声だった。

「サム？」

それは。

女の声だった。

「よ、よ、よくできました」

――04：45

緊急対応室は和やかな空気に溢れている。アレックスは立ち上がると、部屋の出口に向かった。SSが自然と付き従う。

SSと共に廊下に出ていくアレックスの背を、テイラーが見つけた。

「大統領？」

「議場に行ったのかい」とエドムンド。

「ああ、ようやく初日が終わるか……」

と呟いた時、大統領の座っていた場所に人が駆け寄った。呼び寄せた捜査官の正崎だった。正崎は奪うように卓上の物を取り上げた。愕然《がくぜん》とそれを睨みつける。

アレックスがしていた、イヤホン。

「正崎？」

正崎は弾かれたようにテイラーへ向いた。

「大統領を捕まえてくれっ‼」

正崎の怒号が響き渡った。対応室が一気に静まり返る。

「危険だ‼　今すぐ捕まえるんだッ‼」叫びながら獣のように部屋を走り出る。「人手をお願いします‼」

突然のことにテイラーは止まってしまっていた。だが処理は早かった。捜査官が叫んだこと、状況、数秒ですべてを繋げて動き出す。

「大統領の身柄を確保しろ！　警備に連絡を回すんだ！」

――04:46

会場の中を正崎が走る。見取り図は頭に入っている。向かう場所はわかっている。特別捜査官としてチームに編成されていれば警備と連携することができた。だが今の正崎はアレックスに召喚されただけの身で、サミット警備の一員には加わっていない。自分で向かうしか手段がない。

《同時通訳室》のプレートの扉に駆け寄る。

正崎は一瞬迷い、そして懐に右手を入れた。

鼓動が早まる。心の中で三つ数え、勢いをつけて扉を開いた。

中と空気が通じた瞬間、煙の匂いがした。次に目に入ったのは廊下に突っ伏した二人のSSの姿と、壁に鮮やかに咲いた赤い花だった。

顔を歪めながら踏み込む。

廊下に並んだ同時通訳ブースの扉がすべて開いている。一つ目を覗く。中で二人の人間が倒れている。二つ目を覗く、同じ、三つ目、同じ、同じ、同じ光景が延々と続く。全員が、頭を銃で撃ち抜いている。まるで二人のSSの銃を回して使ったように。

最後の部屋に辿り着いた正崎は、ほんの三十分前に話したばかりの熊のような男と再会した。

サム・エドワーズは椅子に座ったまま、自身が人生をかけた職場で事切れていた。

「あぁ」

正崎は自分の呻《うめ》きを奥歯で嚙み潰して再び走り出した。

――04:46

博物館の表門からテイラーが駆け出す。中はエドムンドに任せてテイラーは外に回った。外はまだ薄明の時間だった。照明が焚《た》かれた会場エントランスの前は平和な空気に包まれている。関係者、報道陣、全員が笑顔だった。少女の自殺を止められた余韻が広がっていた。

警備スタッフのリーダーがテイラーに近寄ってくる。まだ連絡が行き渡っていない。

「すぐに人手を集めろ。島への出入りも制限する」

言いながらテイラーは自分が出てきた建物を見上げた。最悪の想像をする。もし彼が、突然ここから飛び降りようとしたら。

移民博物館のフロアは三階まであり、大型の建物なので一つの階が高い。三階の窓は十数メートルというところだろう。普通に飛び降りれば死ぬか生きるかという高さ、打ち所が悪ければ助からない。だがこの高さならば百パーセントではない。下に人数を集め、受け止める態勢が作れれば生存は十分可能だ。

「建物の周りに可能な限りの人数を集めて」

「長官」指示に警備の一人が割り込んだ。通信機を持ちながら伝える。「たった今、通訳の数人が自殺を図ったという連絡が……」

テイラーが顔を引きつらせた。

信じられないものが、確実にここにいる。

「全警備に通達しろ！」

もはやなりふりをかまっている場合ではなかった。

「殺人犯が会場にいる！　首脳の安全確保を！　大統領を探せ！」

――04：46

アレックスは一人で走っていた。

指示を出してSSを待たせ、それからこそこそと逃げて撒《ま》いてきた。悪いとは思ったが、しょうがなかった。彼らは後で怒られるかな、彼らは悪くないとどこかに残しておければよかったな、などと考えつつ、それができないことも知っていた。物事の優先順位はわかっている。

四角い螺旋《らせん》を描く階段を一段飛ばしで上がる。久しぶりに学生の頃のような気分になっていた。大統領になってからは流石にやったことはない。怒られるから。

ぐるぐると階段を上りながら。

アレックスは、愛する妻と子供のことを考えていた。

オリバーと最後にやったボウリングがノーゲームになってしまったのを後悔する。とはいえ彼には基本的に勝てないので何回やっても結果は同じだろう。でも、負けてもよかった。むしろ君はちゃんと父親に勝ったんだよ、という証拠を残してやりたかった。ノーゲームはよくない。ノーゲームならば、あのゲームの結果はずっと出ないまま《続く》ことになる。じゃあそれはいいことかもしれないな、でも直感には反するな、この問題はもう少し考えてみたいなと彼は思った。

そしてエマのことを思い出す。

結局彼女という問題は解けなかったのだろう。オリバーのこと以上にそれが心残りだった。圧倒的な敗北感、エマの方が何事においても上だったなという引け目は拭えぬままだった。でも今なら、それが幸せなことだったのだと正しく言える。論理的に説明ができる。

エマと過ごしたこと。

エマという問題に挑んできたこと。

すべてが、エマに出会ったあの日から《続いている》ことなのだから。

それがこれから失われる。

全てがこれから失われる。

それはとても悪いことだ。僕は善いと思っていることを捨てて、悪いことをしようとしている。論理的でない。感情的でもない。あらゆる側面において間違っていると思う。じゃあなんで、そんなことのために、僕は息を切らして階段を上っているのかというと。

僕は誘われた。

僕を誘ったのは、多分蛇なんだと思う。聖書のあれ。サタンの化身。アダムとイヴを唆《そその》かしたあの蛇だ。彼らは蛇に誘われて《知恵の実》を食べた。

神は言われた。

『善悪の知識の木からは、決して食べてはならない。食べると必ず死んでしまう』

蛇は言った。

『決して死ぬことはない。それを食べると、目が開け、神のように善悪を知るものとなることを神はご存じなのだ』

そう、知恵の実とは。

《善悪の知識の実》であり。

《食べると必ず死んでしまう》実だった。

完全なる善性を有していた頃、人間は死ななかった。《続く》をその身に体現していたアダムとイヴは死ななかった。善悪の知識の実を食べる前は、人が死ぬことはなかった。

でも彼らは悪性に誘われ、実を食べてしまった。善でしかなかった人間が悪を知ってしまった。それから人間は《死ぬ》ようになった。それまではなかった《出産の苦痛》も与えられた。二つはどちらも善性を害するもの、《続く》を阻むための悪性だ。なるほど、よくできている。聖書というのはやっぱりすごい。

そして僕は今また、その悪性へと誘われている。

僕は知っている。アダムとイヴのお陰でよく知っている。それが凄く悪いことなのを。悪いことの結果がどうなるのかも。誰に何を言われたって、実なんて食べなければいいんだ。それが一番《善い》んだから。

けれど彼らは食べてしまったし。

そして僕もそれを食べるんだ。

何故?

だって、
その実は

とても美味《おい》しそうなんだから。

―― 04:47

三階の窓がガシャンと割れた。テイラーが上を向くと、ガラスの破片を避けながらたどたどしく出てくるアレックスが見えた。

「大統領!!」

どよめきがエントランス前の人々に広がる。悲鳴が漏れる。待機していた報道陣が一斉にカメラを向ける。

「やめろ! 撮るな!」

テイラーは効力のない命令を叫ぶことしかできなかった。人払いをしている余裕はない。「下に集まれ! 受け止めるぞ!」

巨大なクッションを作ろうと慌ただしく人間が集まる。その上ではアレックスが建物の壁の縁を恐る恐る横に移動している。今にも落ちそうな男を見上げながら、警備スタッフが位置を調整する。

「アレックス! 動かないでくれ! そこで……」

そう言ったテイラーの視界に何かが入ってきた。見上げるような高いものだった。

エントランスの前にあったそれは。

虹色で、七メートルの、円錐形のオブジェであった。

「アレックス」

テイラーが呟いた。脳が回転した。人生の中で最も速く思考できた。ありとあらゆることを一瞬で考えられた。だが何度試行しても結果は変わらなかった。

人影が簡単に飛んだ。

次の瞬間、アメリカ合衆国大統領アレキサンダー・W・ウッドは。

円錐のオブジェの一部となった。

テイラーが叫んだ。

「アレ――――――――――――――ックス!!!」

―― 04:57

薄明が見える。

正崎は走っていた。

喧騒《けんそう》が逆方向に流れていく。遠くなっていく。次第に静かになっていった。

正崎はすでに島を出ていた。州立公園と島を繋ぐエリス・アイランド橋を走り抜け、今は園内の遊歩道をひたすら走っている。道の両側に広大な芝生と湾が広がっている。海の上では自由の名を持つ女神像が立っている。

正崎は走り続けた。人気《ひとけ》と逆の方向に向かって走り続けた。

橋はすでに封鎖されている。厳戒態勢の中で増員の警官と州兵が島になだれ込んでいる。犯人を逃さないための第一選択だった。正崎自身も検問に止められたが、ブラッドハム長官と連絡をつけてなんとか島外へ出ることができた。

いまや島は完全に隔離されてしまった。誰も入ることはできない。誰も出ることはできない。島内の犯人を捕まえるために。

だが正崎は真逆の方へ向かっている。誰も出られない島から、もう出ていると考えている。正崎は知っている。

今追っている相手にはそれが、、、できる。

正崎はすでにブラッドハムから聞いていた。

アレックスが自殺を図ったことを。

詳細は聞けなかった。もしかすれば救命措置が間に合うような状況なのかもしれない。

助かってほしいと切に願いながら、しかし心中には抗えぬ絶望が広がっている。

そんな望みを持てる相手ではない。

(甘かった)

正崎は心の中で言った。繰り返し言った。

俺が甘かった。

捨てろ。全部捨てろ。家族を捨てろ。帰り道を捨てろ。迷いを、躊躇を、考えを捨てろ。人間らしさなどすべて捨てろ。

相手は。

人間じゃない。

薄暗い遊歩道の果てに粒が見えた。足の力を振り絞る。公園の街灯がどんどん後ろに流れ、粒は人影になった。封鎖されている公園の中を、悠然と歩いている人間がいる。

足音に気付いた人影が振り返った。

女だった。

スーツに身を包んだ、長い髪の女だった。

正崎が歪んだ笑みを浮かべる。

走りながら懐に手を差し込む。距離が近づく。遠過ぎれば当たらない。だが近づけば話しかけられてしまう。見越してすでに拳銃用の耳栓《イヤプラグ》を詰めている。今はほとんど何も聞こえない。これで、これで。

女の姿がはっきりと見えてきた。何も聞こえない。静かだった。

正崎善は、
銃を抜いた。

「曲世ぇぇッ!!!」

正崎は銃の向こうの女を見た。弾を当てるため、女を殺すため、真っ直ぐに。

見た。

女は。

手を狐の形にしていた。

狐《きつね》の口、指先が、ちょんと開いて閉じる。

正崎はそれを見た。

それは。

あまりにもいやらしい手つきだった。

視界が突然斜めになる。膝がかくりと落ちて、腰が抜け、その場に崩れた。糸が切れた人形のように顔面から舗装路に突っ込む。指の一本まで脱力し、銃が地面に滑り落ちた。

正崎の顔が混乱に歪む。何が起きたかわからない。自分がどうなったのかわからない。

九十度の視界の中を女が近づいてくる。

女は正崎のすぐ脇にかがみ込むと、指を伸ばして、耳栓を抜いた。

「運命」

生ぬるい声が正崎の脳に入ってきた。

「私、そういうの信じてる方なんですけど……でも、実感するのって初めてかも……」

曲世愛は、恍惚《こうこつ》の顔で言った。

「まさか逢《あ》えるなんて……」

「なにをした」正崎は喋った。喋ることができた。考えられる。口が動く。しかし身体が駄目になっていない、いない、いる。「お前……なにをした」

「セックス？」

曲世はあっけらかんと言った。

「私、それくらいしか取り柄がないんですもの」

曲世が倒れる正崎の頬を指で触れる。

そこから肉がどろどろに溶けるような感触がして、全身に怖気《おぞけ》が走る。

「ねぇ、正崎さん」女は正崎の頬を押して、その弾力を確かめた。「セックスって、二人でやるものなんです」

女の指先から正崎の中に何かが染《し》み込んでくる。望まない何かが入り込んでくる。

正崎は、自分が今犯されていることにようやく気付く。

「二人の、やりとりが大切なの。最初に私がこうして、相手がそれに反応して、そうしたら私はこう変えて……。手段はなんでもいいの。見るのでもいいですし、話してもいいし。触っても、嗅《か》いでも、味わっても、感じられればどれでもいいですけど……」

曲世が指で頬を押す。

口の中に虫を放り込まれたような、吐き気と嫌悪、不快と屈辱が一斉に湧き上がる。

「でも、一人では駄目だわ。私が何かをしても、相手がどうなってるかわからないんじゃ、それはもうセックスとは言えないの。私から、相手から、私から。それで初めて交接、交尾と呼べます。きちんと交わらないと……」

曲世の指が頬を滑り、正崎の唇に触れた。

「だから通訳になったの」

曲世は言った。

「通訳の人と寝たいわけじゃなかったから……ああ、でも、楽しかったですよ。とても面白いお仕事……」

曲世の言葉が理解されていく。今自分が体験していることが言葉と相まって意味を伝える。正崎の心に絶望が広がっていく。

触れてはいけない。

聞いてもいけない。

見てもいけない。

そんなもの。

そんなものを、どうしろと。

「ふふ……」

曲世が正崎の頬から指を離す。水道の栓が抜かれたように不快感が吸い込まれて消えていく。しかし身体の自由は未だ利かない。指一本も動かせぬまま、正崎は真下から曲世を睨みつける。

「貴様が、大統領を」

「自殺なさったわね」

「黙れ!!」

曲世はその場で立ち上がると、湾の方を眺めた。薄明の中にニューヨークの摩天楼が浮かび上がっている。

「放送されました」

曲世は言った。

「先ほどの中継で、アレックス大統領が自殺するところが世界中に……。ねえ、正崎さん。アメリカ合衆国の大統領ってとても重要な役職でしょう？　影響力があって、大きな責任があって……。みんなに大切に守られていて、ご本人も自身の大切さをよく理解されている世界の要人、でしょう？　だから正崎さん、こう思いません？」

曲世は上から正崎を見た。

「アメリカ合衆国の大統領が自殺していいなら、もう世界の誰だって自殺していいって」

曲世は服のポケットからスマートフォンを取り出すと、突っ伏す正崎の顔の前に、その画面を置いた。

ニュース映像に映っていたのは。

速贄《はやにえ》の飛蝗《ばった》のようになってしまったアレックスの姿であった。

「あああ……」

正崎の顔がぐしゃぐしゃに歪む。

「あああぁぁ……!!」

「けど……惜しい人を亡くしたと思います」

曲世愛は自分が殺した人間の映像を見ながら言った。

「この人、凄い人だったわ。私、最後に話したんです。一言だけですけど、一言で十分だわ。私、この人と凄く深い所で繋がれたの。正崎さん、信じられる？　この人、知っていたの。気付いていたの。善というものの意味。そして悪の意味」

曲世愛は電話をしまうと。

正崎善を見つめて、天使のように微笑んだ。

「終わる」

――05:05

それは〝告白〟だった。

「私、《終わる》のが好きなんです」

それは最悪の告白だった。

「なんでもいいの。本当になんでも。生き物でも、生きてない物でも、形のあるものも、ないものも、なんでも。終わるのが好きなの。何かが終わるのが好きなの。正崎さん、悪いって《終わる》ことよ。貴方は善人、《続く》が好きな人。私は悪人、《終わる》が好きな人」

それだけ、と曲世愛は言った。

だがそれだけが、すべてであった。

正常な人間と全く相容《あいい》れない思想。

あらゆる生物と相反する価値観。

存在するすべてと真逆のこと。

《終わること》

《悪》

「正崎さん」

曲世愛が、正崎の前にかがみ込んだ。

目の前にいるのは悪人だった。終わることを好む、終わりを望む人間だった。

正崎ができる想像は一つしか無かった。

(俺が終わるのか)

(俺が終わらされるのか)

滅びを望む女は。

生温《なまぬる》い息を一つ吐いた。

「まだ」

曲世は、正崎の心を読んだように言った。

「運命。これは運命よ……。遠い外国で正崎さんと再会したのは、正崎さんになら理解してもらえるっていう思《おぼ》し召《め》しじゃありませんか？　ね、正崎さん……。もっと知って？　悪のこと。もっと解って？　悪いこと。終わるって、本当に素晴らしいことなんですから……」

曲世愛はそう言って、何かを考えた。

考えている。

いい、い、
悪いことを。

曲世が突然正崎の目を見た。

正崎はびくりとし、反射的に顔を歪める。

それを見た曲世は、化物みたいに笑った。

行われた一瞬のやりとりは。

紛れもないセックスだった。

「正崎さん」

曲世は嬉しそうに言った。

「貴方、スーツのポケットに、絶対に見られたくないものを持っているでしょう?」

曲世は手を伸ばした。

正崎は怯えた。暴《あば》れる。逃げる。身体は全く動いていない。

「やめろ」

言葉が伝わらずに消えた。曲世の手が正崎の胸を漁る。懐から、それが抜き取られた。

写真の中で、正崎人美《ひとみ》と正崎明日馬《あすま》が笑っている。

「まがせ」

正崎は。

気が狂いそうだった。

世界一〝善良〟な、家族の写真を見つめて。

曲世愛は、
微笑んだ。

つづく

本書は書き下ろしです。
この物語はフィクションです。実在の人物・団体とは一切関係ありません。

〈著者紹介〉
野﨑まど（のざき・まど）
2009年『[映] アムリタ』で、「メディアワークス文庫賞」の最初の受賞者となりデビュー。2013年に刊行された『know』（ハヤカワ文庫JA）は第34回日本SF大賞や、大学読書人大賞にノミネートされた。その他の作品に『2』（メディアワークス文庫）、『野﨑まど劇場』（電撃文庫）などがある。

バビロン Ⅲ —終《おわり》—

2017年11月20日 第1刷発行
2024年11月20日 第4刷発行
定価はカバーに表示してあります

著者……………………野﨑《のざき》まど

発行者……………………篠木和久
発行所……………………株式会社 講談社
〒112-8001 東京都文京区音羽2-12-21
編集03-5395-3510
販売03-5395-5817
業務03-5395-3615

KODANSHA

本文データ制作…………講談社デジタル製作
印刷……………………株式会社ＫＰＳプロダクツ
製本……………………株式会社ＫＰＳプロダクツ
カバー印刷………………株式会社新藤慶昌堂
装丁フォーマット………ムシカゴグラフィクス
本文フォーマット………next door design

ISBN978-4-06-294072-6 N.D.C.913 346p 15cm

講談社タイガ

バビロンシリーズ

野崎まど

バビロン Ⅰ

—女—

イラスト
ざいん

東京地検特捜部検事・正崎善《せいざきぜん》は、製薬会社と大学が関与した臨床研究不正事件を追っていた。その捜査の中で正崎は、麻酔科医・因幡信《いなばしん》が記した一枚の書面を発見する。そこに残されていたのは、毛や皮膚混じりの異様な血痕と、紙を埋め尽くした無数の文字、アルファベットの「F」だった。正崎は事件の謎を追ううちに、大型選挙の裏に潜む陰謀と、それを操る人物の存在に気がつき!?

講談社
タイガ

バビロンシリーズ

野崎まど

バビロン　II

—死—

イラスト
ざいん

64人の同時飛び降り自殺——が、超都市圏構想〝新域〟の長・齋開化《いつきかいか》による、自死の権利を認める「自殺法」宣言直後に発生！暴走する齋の行方を追い、東京地検特捜部検事・正崎善《せいざきぜん》を筆頭に、法務省・検察庁・警視庁をまたいだ、機密捜査班が組織される。人々に拡散し始める死への誘惑。鍵を握る〝最悪の女〟曲世愛《まがせあい》がもたらす、さらなる絶望。自殺は罪か、それとも赦《ゆる》しなのか——。

講談社
タイガ

オキシタケヒコ

おそれミミズク
あるいは彼岸の渡し綱

イラスト
吉田ヨシツギ

「ひさしや、ミミズク」今日も座敷牢の暗がりでツナは微笑む。山中の屋敷に住まう下半身不随の女の子が、ぼくの秘密の友達だ。彼女と会うには奇妙な条件があった。「怖い話」を聞かせるというその求めに応じるため、ぼくはもう十年、怪談蒐集に励んでいるのだが……。ツナとぼく《ミミズク》、夢と現《うつつ》、彼岸と此岸が恐怖によって繋がるとき、驚天動地のビジョンがせかいを変容させる――。

講談社タイガ

よろず建物因縁帳シリーズ

内藤 了

鬼の蔵
よろず建物因縁帳

山深い寒村の旧家・蒼具《あおぐ》家では、「盆に隠れ鬼をしてはいけない」と言い伝えられている。広告代理店勤務の高沢《たかざわ》春菜《はな》は、移転工事の下見に訪れた蒼具家の蔵で、人間の血液で「鬼」と大書された土戸を見つける。調査の過程で明らかになる、一族に頻発する不審死。春菜にも災厄が迫る中、因縁物件専門の曳《ひ》き屋《や》を生業《なりわい》とする仙龍《せんりゅう》が、「鬼の蔵」の哀しい祟《たた》り神の正体を明らかにする。